生을 버티게 하는 문장들

生을
버티게 하는
문장들

박두규 산문

산지니

언제 어디서나
生의 기미를 예감할 수 있는
당신이기를

여는 글

어떤 사람이 결백한데도 억울하게 30년 감옥살이를 살고 나오자 누군가가 "당신을 30년 동안 감옥에 갇혀 살게 한 사람들을 어떻게 하렵니까?"라고 물었다. 그러자 그는 망설임 없이 바로 대답했다. "용서하렵니다. 내가 화를 내며 용서하지 않으면 그들이 내 나머지 인생마저 가져가겠지요."

참으로 깨달은 자의 현명한 답이 아닐 수 없다. 남은 인생을 분노로만 보낸다는 것은 어리석은 일이며, 진정으로 용서한다는 것은 상대에 대한 이해와 사랑이 없으면 안 되는 일이기 때문이다. 용서와 사랑 같은 덕목은 인류의 영성靈性이 최고조에 이르던 차축시대에 여러 성자들이 등장해 인간 존재의 문제와 삶의 문제에 대한 최고의 해답으로 이미 제시되었던 것들이다. 다만 우리는 그것을 머리로만 인식하고 자신의 현실은 그렇게 살지 못하고 있는 것이다. 그것은 21세기에 들어선 현재 우리의 삶이 과학과 자본이 만들어낸 문명 속에 있으며 이 문명의 주된 가치덕목이 한마디로 '돈'이 되었기 때문이다. 그리고 그 '돈'의 본질은 '탐욕'에 다름 아니다. 수백 년 동안 자본주의가 진화하는 과정에서 우리는 서서히 영성을 잃어왔고 그 임계점에 이르는 언젠가부터 탐욕의 고삐가 풀리면서 생명의 본질적 지향조차 '돈'으로부터 찾게 되었다. 그래서 이미 BC 500년경에 여러 성자들이 찾아낸 인류 최고의 가치덕목들은 모두 박제되어 교과서 속으로 들어가버렸고 실질적인 삶의 겉과 속은 돈과 탐욕으로 가득 차버렸다.

그래서 나는 이제야 비로소 내 문학이라는 것이 있다면 우리 사회와 현대인의 내면에 아무런 부끄럼도 없이 당연한 것처럼 자리 잡고 있는 이 '탐욕'을 끌어내리는 데 기여해야 한다는 생각을 하게 되었다. 그리고 나는 어디선가 읽은 "나는 인간의 선함과 진실함을 그려야 한다는 예술에 대한 대단히 평범한 견해를 가지고 있다."라는 화가 박수근의 말과 그의 그림을 무척 좋아하게 되었다. 그것은 내 문학이 포괄적 표현으로 '탐욕을 끌어내리는' 거라고 말했지만 그것은 결국 인간의 선함과 진실함을 살아내는 데 있기 때문이다.
 이 책이 이런 것을 충분히 담아내고 있다고 하기에는 너무 많이 부족하다는 것을 안다. 하지만 그런 지향을 가지고 있고 또 그런 어떤 기미를 느끼게 할 수 있다면 그것만으로도 나는 이 책을 내는 일이 몇 그루의 나무를 없애고, 쓸데없는 출판비용이 들어가고, 헛된 수고만을 하는 것은 아니라고 애써 위안하려 한다.

다시 서두의 그 사람 이야기를 해보면, 어떤 사람의 질문에 그는 또 이렇게 대답한다.

"내 주변의 많은 사람들은 밖에서 하루도 갇혀 있지 않았고, 나는 30년을 갇혀 살았지만 그들은 행복하지 않다고 하는데, 나는 행복합니다. 그 이유는 잘 모르지만 내가 왜 행복한지는 말할 수 있어요. 그건 내가 그러기로 선택했기 때문입니다."

'행복'이라는 것은 객관적 가치가 아니라 주관적 가치라는 것을 담고 있는 말이다. 나는 행복뿐 아니라 우리의 삶 자체가 그렇다고 본다. '내가 그러기로 선택한'다면 그 삶은 후회스럽지 않은 삶이 될 것이다.

이 책은 문학을 시작한 이후 처음 펴내는 시집 외의 책이다. 그리고 나는 그동안 시집 외에 소설이나 동화 같은 다른 장르의 책을 내는 시인들을 보면 남편들의 외도처럼 곱게 보지 못했었다. 그런데 지금 생각하니 그것도 일종의 질투 같은 게 아

니었나 싶다. 무엇 때문이 아니라 '내가 그러기로 선택한' 것
이라면 그것은 그 삶의 최선일 것이기 때문이다. 나는 이 책을
그런 마음으로 펴낸다. 밖으로는 모든 사회적 문제의 근원이
되는 인간의 탐욕을 식히는 데 조금이라도 기여하고, 안으로
는 인간의 선함과 진실함을 살아내기 위해 내 문학이 있다고
생각하기 때문이다.

2017年 正月 두텁나루숲에서

박두순

차례

7   여는 글

1장

**산은 언제나
그곳에 있다**

17   낙타의 눈물

21   열매의 미학

27   숲에 들어가는 나이

32   어느 날 개 한 마리가 나에게 왔다

36   다만 늙었어도 포기하지 않은 것뿐이다

39   니란자 강가의 숨소리

44   自然스러운 사람

48   무위무불위 無爲無不爲

52   그녀의 눈물

54   지리산이라는 이름의 스승

60   비트산행

68   세상에서 가장 맛있는 밥

2장

나는 미처
알지 못했다

79   몸 가르침 한 수

83   역보시 逆布施

87   절망의 우물에서 건져낸 시

108   가난한 시인의 사회

113   편지

119   잃어버린 시인의 마음

125   生의 기미를 느끼게 해주는 영화 〈철도원〉

128   슬픈 아름다움, 아름다운 슬픔

131   존재의 근본 지층이 뒤틀려 있는 사회

3장

**내 안의 신성,
오직 그대뿐**

139 단 한 명을 위한 간이역 콘서트

143 고마움은 한 번도 나를 비껴가지 않았다

147 적선 積善

150 남미에서의 '바바남 케발남'

158 '부단 운동'에서 배우자

180 닭

183 꿘투

187 한 몸

191 욕망의 인간화

195 공감본성

200 보이지 않는 것을 위하여

204 비루한 몸을 낮춰 수없이 절하고 싶다

210 스스로의 맑고 투명한 그 자리

215 그대가 그것이다

1

산은
언제나
그곳에
있다

낙타의 눈물

언젠가 몽골의 고비사막에 대한 다큐를 보았는데 낙타가 새끼를 낳고 있었다. 바람 부는 잿빛 사막의 모래 위에서 어미는 처절한 사투를 벌이며 새끼를 낳고 있었다. 막 땅에 떨어진 새끼는 꿈틀거리다가 비척비척 일어서더니 가까스로 걷게 되자 바로 어미의 젖부터 찾았다. 그런데 이상하게도 어미는 제 새끼가 젖을 물려고 하자 한사코 새끼를 떠밀며 젖을 주지 않는 것이었다. 낙타 주인이 보다 못해 억지로 어미를 붙들고 새끼에게 젖을 물리려 하자 어미는 그 어린, 갓 태어난 새끼를 발로 툭 차버리는 것이 아닌가. 그렇게 3일 동안 새끼는 어미로부터 거부당하고 젖을 먹을 수 없자 주인은 인근의 샤먼을 찾아가 사실을 말하고 어미 낙타가 새끼에게 젖을 물릴 수 있도록 해달라고 부탁한다. 늙은 샤먼은 자신의 젊은 아들에게 마두금을 연주하게 하고 자신은 어미 낙타의 얼굴을 두 손으로 어루만지기 시작했다. 한참 정성을 들이니 얼마 후 정말 놀랄 만한 일이 일어났다. 어미 낙타가 눈물을 줄줄 흘리는 것이 아닌가. 그러고는 어린 새끼에게 젖을 내주는 것이었다. 잃었던 모성애를 되찾은 것이었다. 물론 모든 낙타가 그러는 것은 아니며 이런 경우는 가끔 있는 일이라고 했다. 그 샤먼은 말한다. 어미 낙타가 새끼를 거부하고 받아들이지 않았던 것은 미움 때문이었다고. 출산을 통해 어미가 겪은 엄청난 고통과 죽음 같은 두려움 때문에 생긴 새끼에 대한 미움 때문이었다고. 나는 그 말이 잘 이해되지 않았다. 아무리 그렇더라도 모성의 본능조차 잊을 정도로 두렵고 그 두려움이 자식을 미워하게 했을까. 그럴 수도 있을까. 한참을 생각하며 내 안의 미움을 들여다보는 동안 나는 그 의문에 어느 정도 수긍할 수 있었다.

내 안에는 너무 많은 두려움과 미움이 있었다. 아내에 대한 미움, 직장 상사에 대한 미움, 자신에 대한 미움, 생활 속의 시시콜콜한 미움과 세상에 대한 막연한 미움까지 내 안에는 오래된 미움들과 그 미움들의 배후에는 그것들과 관련된 두려움들이 먼지를 뒤집어쓴 채 켜켜이 쌓여 있었다. 그동안 나는 그 두려움과 미움들을 정면으로 거부할 용기도, 솔직함도 없었기에 그것에 대해 반응하지 못했던 것은 아니었을까. 그런 생각을 하니 낙타가 제 새끼를 거부한 것은 스스로의 생명을 있는 그대로 살아낸 어쩌면 진솔한 삶의 모습일지도 모른다는 생각을 했다.

그래서 이 '낙타의 눈물'은 너무도 값진 눈물이라는 생각을 해본다. 스스로의 두려움과 미움을 스스로 거둘 수 있는 솔직하고 순수한 감정, 그리고 그 용기 있는 삶의 태도가 깊은 감동으로 밀려왔다. 자비의 마음, 진정한 사랑의 마음은 이렇게 대상에 대한 미움과 두려움의 감정을 깨끗이 지우고서야 비로소 시작되는 것은 아닐까. 나는 그런 감정을 말끔하게 지우지 못하고 사회적인 체면 때문에, 어설픈 인간관계 때문에 입으로만 사랑한다며 살지는 않았을까. 위선적인 사랑에 스스로 도취되어 진정한 사랑을 보지 못하고 있었다는 생각에 나는 갑자기 초라해지는 것을 느꼈다.

그 샤먼의 말을 빌리면 낙타는 원래 마음이 여린 동물이어서 상처를 쉽게 받기도 하지만 쉽게 회복하기도 한다고 했다.

하지만 그것은 낙타의 아름답고 순결한 마음 때문이라고 생각한다. 불안한 영혼을 어루만지는 부드러운 마두금 연주와 샤먼의 온화한 손길이 자신의 마음에 이르는 순간, 그 모든 우주의 사랑을 그대로 온몸으로 받아낼 줄 아는 착한 심성 때문이었다고 생각한다. 나라면 샤먼의 온화한 손길을 접한다 해도 나의 두려움과 미움을 버리고 사랑의 마음을 회복할 수 있었을까. 내 위선의 껍질은 일상 속에서 이미 두꺼워질 대로 두꺼워져 스스로 통제할 수 없는 상태에 이르지는 않았을까.

이것은 어찌 보면 나뿐 아니라 현대인들의 왜곡된 일반적 감성일지도 모르겠다. 감정마저도 잘 포장되어야 하는 시대이니 우리에게 이 '낙타의 눈물'을 담은 눈물샘이 다 마르지나 않았는지 모를 일이다. 우리는 근대를 거쳐 현대에 이르는 동안 삶의 중심에 놓았던 '이성'과 그와 동류항 격인 '과학기술'과 또 그로부터 온 부富와 편리함을 행복이라고 생각하면서부터 속살처럼 예민하고 순수한, 아름다운 '낙타의 눈물'을 꾸준히 잃어왔는지도 모른다. 다만 돌아갈 길마저도 잃어버리지 않았기를 바랄 뿐이다.

生을 버티게
하는 문장들

열매의 미학

　　언젠가 어떤 프로그램에서 자기가 생각하는 죽음과 죽음의 세계를 한 문장으로 써보는 시간이 있었다. 참으로 다양한 생각과 표현들이 있었지만 정리해보니 단순했다. 죽음은 현실에서 내가 가진 모든 것을 잃는 것이며 스스로의 존재가 사라지는 것이며 어둡고 컴컴한 어느 밤길을 홀로 걷는 것처럼 외롭고 두려운 것이었다. 그것이 우리가 일반적으로 가지고 있는 죽음에 대한 상상력의 한계였다.

　　죽은 뒤의 일을 이야기하는 것은 어리석다고 말하는 사람들이 많다. 맞는 말이라고 생각한다. 지금 여기의 현실에 집중하며 사는 것도 버거운 일인데 죽은 뒤를 생각해서 무엇 하랴. 이름을 남기는 것? 재산을 자식에게 물려주는 것? 남은 사람들이 나를 오래도록 기억해주는 것? 도대체 그게 죽어버린 나와 무슨 상관이란 말인가. 살아 있는 사람들은 자기 현실의 삶을 도모하기 위해 죽은 자를 기억하는 것이겠지만 죽은 자에게는 그게 무슨 상관이란 말인가.

그래서 죽음은 현실적으로는 내 삶의 끝자락에 위치한 삶의 한 부분으로서만 의미가 있다. 나를 위하여, 내 삶의 완성을 위하여, 스스로에게 주어진 이승의 시간을 아름답게 맺는 것으로 죽음은 그렇게 현실의 삶으로만 존재한다. 죽음에 대한 진실은 오로지 이것 하나라는 생각이다.

그러나 죽음 이후는 현실이 아니니까, 생각으로만 존재하는 공포니까, 그러니 끊어라 잊어라 해도 대부분의 사람들은 이 죽음에 대한 공포를 벗지 못하고 산다. 오랜 수행과 성찰을 해온 현자들은 이 두려움에서 벗어났겠지만 대부분의 사람들은 죽을 때까지 이 공포를 가지고 산다. 그런데 사실 이 공포는 죽음에 대한 공포라기보다는 현재를 잃을 것에 대한 공포다. 사람들은 이 현실의 삶을 그만둔다는 것이 두려운 것이다. 이 현실을 살며 늘 괴롭네, 슬프네, 죽고 싶네, 하면서도 이 현실을 떠나기는 싫은 것이다. 개똥밭에 굴러도 이승이 좋다는 것이다. 사실 자신의 '현재'를 사랑하고 열심히 살아내는

生을 버티게
하는 문장들

것은 진리의 영역이고 아름다운 일이다. 하지만 죽음에 대한 공포는 이것과는 좀 다르다고 생각한다. 죽음에 대한 공포의 본질에는 소유욕 같은 것들이 끼어 있기 때문이다. 지금 누리고 있는 것, 가지고 있는 것, 알고 있는 것, 세상에 태어나 지금껏 소유하게 된 모두를 한꺼번에 잃는다고 하니 두렵지 않겠는가. 거기에다 한 번인 이 세상에, 하나인 목숨까지 가져간다니, 내 존재를 깡그리 가져간다니 어찌 슬프지 않고 두렵지 않을 것인가.

이 죽음을 극복하지 않는 한 궁극적으로 사람들은 현실 속에 진정한 희망을 세울 수 없을 것이다. 열매의 미학은 이 어디쯤에서 고개를 내밀고 있는 것이라고 생각한다. 이 죽음의 극복을 위한 것이 열매의 미학이라는 생각이다.

우리가 사는 세상은 모든 생명들의 세상이고 모든 생명들의 삶은 원하든 원하지 않든 궁극적으로는 열매를 맺는 일로 귀결된다. 뿌리를 내리는 일도 싹을 틔우는 일도 잎을 올리는 일도 꽃을 피우는 일도 열매를 맺는 일도 그리고 죽는 일도 모두가 생의 절대적 과정이요 순간순간이 온 생명이다. 꽃을 피우는 것만이, 열매를 맺는 것만이 삶의 목적은 아니라고 생각한다. 삶에 무슨 목적이나, 다다라야 할 결론이 따로 있을 것인가. 그저 연기緣起의 과정일 따름이 아닌가. 다만 이 우주의 순환질서에 종속된 한 생명으로서 생명의 순환에는 '열매'가 그 질서의 고리로서 존재하고 있다는 생각을 해보는 것이다.

열매는 '씨앗'이다. 그리고 그 씨앗은 나의 생명을 함축한 것이고 나의 일생을 갈무리한 것이고 나의 부활을 꿈꾸는 것이다. 세상의 모든 생명을 가진 존재들은 이러한 '열매'를 생산하는 존재다. 아무리 척박한 땅에서도 열매는 맺는다. 생명의 위협을 느낀 소나무가 많은 솔방울을 서둘러 맺듯이, 그리고 산란을 위해 모천으로 돌아오는 연어들처럼 모든 생명은 궁극으로는 '열매'라는 새로운 생명을 생산하는 일에 복무하며 한 생을 보낸다. 생명의 한 사이클이 이루어지는 끝에, 사람들이 죽음이라고 말하는 그 끝자락에 새로운 생명이 열리며 또 다른 시작을 예비하는 것이다. 그것이 열매이고 씨앗이다. 이 열매에 의한 생명의 순환을 생각하면 생명이라는 우주적 담론 속에서는 죽음이란 애초부터 하나의 관념인지도 모른다. 죽음이란 없으며 오로지 생명의 순환질서가 존재할 뿐이다. 그 순환의 고리가 열매요 씨앗이 아니겠는가.

그리고 생명의 순환질서를 하나의 원으로 생각한다면 죽음이라는 우리 일상의 종말적 의미의 공포 개념은 어디에도 끼어들 틈이 없음을 알 수 있다. 그 죽음은 '나'라는 '에고'에 스스로 매몰될 때 오는 것이지 거대한 생명의 순환질서 속에서는 죽음이라는 좌표점이 존재할 수 없다는 것을 짐작할 수 있다. 그 죽음의 지점이라고 할 만한 곳에는 어김없이 '열매'가 열리고 씨앗이 되어 새로운 생명을 세우니 죽음의 자리는 존재할 수 없는 것이다. 다만 나의 존재를 한시적이고 독립된 하나의 생명으로 보지 말고 통시적이고 연기적緣起的인 존재로 인식하려는 노력이 필요하다고 생각한다. 그것이 죽음을 극복하는 단초요 그것을 도와주고 풀어주는 열쇠가 바로 '열매'가 아닌가 생각해본다.

'나'라는 개체적 존재는 세상의 모든 생명들과 그물망처럼 얽혀 있으며 서로가 서로의 의지처가 되어 존재한다는 것은 이미 붓다가 말한 바와 같다. 그것은 자신을 연기적 존재로 인식하는 일이며 세상의 모든 생명들은 개체적 존재로는 단 한 시간도 살 수 없다는 말이다. 태양이 있기에, 비가 내리기에, 밤과 낮이 있기에, 날아다니는 생명들과 지상의 생명들과 물속의 생명들이 있기에, 바람이 불고 물이 흐르기에 '나'라는 한 생명이 존재할 수 있는 것이 아닌가.
나를 연기적 존재로 인식했을 때 하나의 단독적 개체가 가지는 한계를 극복할 수 있고 나눔과 섬김의 정신을 회복할 수 있다. 이미 우리와 모든 생명은 존재 자체가 자신의 생명을 나누고 섬기는 성결한 의식을 치르며 살고 있다고 할 수 있다. 있는 그대로의 '나'라는 열매를 맺는 일이 그것이다. 내 스스로 하나의 생명을 잉태시키고 기르는 행위야말로 나누고 섬기는 일이 아니고 무엇이겠는가. 그리고 그것이 '나'라는 열매를 맺는 것이 아닌가. 생명을 잉태시키는 일은 내 생명을 나누는 일이고 그 생명을 기르는 일은 섬기는 행위에 해당하는 것이다. 이것이 열매의 미학이 갖는 바탕의 정신이라고 할 수 있을 것이다. 우리는 스스로가 위대하고 신비로운 생명이나 그 아름다운 자신을 모르고 살아갈 뿐이다. 그것은 누구의 잘못인가? 변명의 여지도 없이 분명 나의 잘못이다.

生을 버티게
하는 문장들

숲에 들어가는 나이

　　나는 좀 우울했다. 한 달만 넘기면 어느덧 50수에 이른다고 생각하니 살아온 세월이 되짚어지면서 나의 '미래'라는 것도 이내 곧 바닥이 날 것만 같은 생각에 자꾸만 마음이 심란해지는 것이었다. 아직도 내 어느 구석엔 무수한 날들의 까마득한 미래가 있고, 밤 새워 술 마시고 노래할 수 있는 20대의 열정과 치기도 다 빠져나가지 않았는데 50이라는 숫자에 의해 나는 갑자기 노인의 대열에 들어 벼랑 끝으로 내몰린 듯하였다. 12월의 하루하루가 결코 상쾌하지 않았다.

　　이 답답한 중압감에서 벗어날 무엇이 없나 하는 차에 지인으로부터 단식하러 가자는 전화가 왔다. 마침 잘 되었다 싶었다. 장소는 제주도라 했는데 돈 들여 따로 관광도 할런지라 오랜 술로 찌든 속도 좀 다스릴 겸, 또 다가오는 50수의 중압감도 날려 보낼 겸, 마음은 어쩔망정 가벼운 발걸음으로 제주행 연락선에 몸을 실었다.

갑판에서 쌩쌩한 겨울바람을 맞으며 수평선을 바라보았다. 옷을 잔뜩 껴입어서 그런지 춥다는 생각에서는´벗어났으나 그렇다고 무슨 상념에 잠길 것도 없이 한참을 그저 멍멍하게 수평선을 바라보며 바다를 건넜다. 추자도를 지나니 멀리 한라산의 하얀 봉우리가 눈에 들어왔다. 망망대해에 멀리 한 점의 존재가 눈에 들어오자 비로소 현실감에 몸이 가늘게 떨렸다. 제주로 향하는 나의 현재가 구체적 감각으로 다가왔다. 제주에 닿기 전에 무엇인가를 준비하지 않으면 안 되었다. 아니 제주단식이 생의 한 획을 그을 수도 있다는 막연한 설렘이 내 안에서 일렁이고 있었는지도 모른다.

15일 단식 기간 내내 나의 화두는 50이라는 숫자였다. 인도에서는 50대와 60대 정도의 나이를 '바나플러스'라고 했다. 그 말은 '산을 바라보기 시작하는 나이'라는 뜻인데 나이 50이 되면 숲에 들어 명상을 해야 하는 나이가 시작된다는 것이다. 태어나서 20대 정도까지가 세상에 나갈 공부를 하는 기간이라면 30~40대 정도가 세상에 나와 가정과 사회의 구성원으로서

책임과 의무를 다하는 기간이고 50~60대 정도가 세속의 부와 명예 등 그동안 쌓은 것들을 다 버리고 숲에 들어 명상을 하는 나이였다. 이후는 숲에서 나와 죽을 때까지 세상을 떠도는 것이다.

하지만 제주단식에서 나는 무슨 특별한 깨우침을 얻거나 삶이 달라졌다거나 하는 것은 없었다. 특별한 사건이라면 다만 스승 한 분을 만날 수 있었다는 것이다. 그분은 단식의 방장 어른으로 참여하여 같이 단식을 하셨는데 나의 단식은 오로지 그분을 만나기 위해 온 것이 아닌가 하는 생각이 들 정도였다. 선생님은 단식 기간 내내 그냥 조용히 우리 모두의 흐름을 타고 존재하고 있을 뿐이었다. 단식 기간 중에 특별한 좋은 말씀이라거나 감동적인 무슨 사건이 있었던 것도 아니다. 별다른 말씀도 없이 조용히 우리와 함께 흐름을 타고 계실 뿐이었는데 선생님과 같이 있는 동안에 나는 저절로 존경하는 마음이 일어났고 많은 감화 감동이 내 안에서 저절로 일었다. 이 특이한 체험은 나를 내내 긴장시켰고, 나의 심란했던 50수를 설렘으로 맞을 수 있도록 한 계기가 되었다. 이 선생님 같은 분이 바로 '숲의 세월'을 보낸 분이었을 것이기 때문이었다.

어쨌거나 나는 50수를 맞는 단식을 통해 일단은 숲에 들어야 하는 나이라는 말을 긍정적으로 받아들이게 되었다. 그리고 퇴계를 읽으면서 그도 학생기와 출세기를 거쳐 50세에 관직을 스스로 그만두고(임금이 강하게 말렸으나 끝내 도망간다) 도산서원이라는 '숲'에 들어가 심경心經에 몰입했으니, 처지와 상황은 다르지만 세상에서 사는 동안 쌓았던 권력과 영화를 버리고 새로운 인생을 시작한 것만은 확실했다.

나도 숲에 들고 싶었다. 그리고 퇴계가 그랬듯 나의 현실에서 '숲'은 무엇일까를 생각했다. 그래서 내린 결론은 교직생활을 마감하고 귀촌하여 본격적으로 창작활동을 하는 것이 나에게는 '숲'이 아닐까 하는 것이었다. 지인들은 시인이 '숲'에 들면 어떻게 저자거리의 번뇌와 갈등을 시에 담을 수 있겠느냐는 걱정을 했지만 나는 그동안 키워온 무절제의 욕망과 그렇게 굳은 일상의 습習을 도려내고 싶은 것뿐이었다. 스스로 변해야 한다는 내면의 간절함이 있었고 세상을 탓하기보다는 내가 먼저 변해야 한다는 절실함이 내 안에서 주먹처럼 올라오는 것을 어찌할 수 없었다. 그리고 문학은 어쩔 수 없이 나를 따라다니는 것이 아니던가. 내가 문학을 좇아가야 하는 것은 아니지 않는가.

사실 숲에 드는 일은 단순히 세속을 벗어나는 것이 아니라 '나'라는 에고를 벗어나 진정한 자유를 맞이하기 위한 의식이

生을 버티게
하는 문장들

라고 생각한다. 이것은 진정한 자기 존재의 본질을 인식하는 일에 다름 아니며 생명이 가지는 우주적 균형감각을 되찾는 것이라고 생각한다. 나는 50고개를 넘으며 숲에 들어야 하는 피할 수 없는 내면의 소리를 맞은 것이라고 생각한다. 숲에 들어 몸과 정신과 영혼까지도 자본에 절어 있는 나를 변화시키고 싶었던 것이다.

어느 날 개 한 마리가
나에게 왔다

산수유 꽃이 피기 시작하는 춘삼월에 태어난 강아지 새끼 한 마리가 벚꽃이 흐드러져 절정에 이른 어느 봄날 나에게 왔다. 뱃속에서 나온 지 한 달 동안 내내 꽃 구렁의 세상을 두리번거렸을 것이니 꽃돌이라 이름 지었다. 나는 스스로의 짐승성性을 떨쳐내기도 바쁜 놈이라 개 같은 그런 짐승을 기른다는 건 생각조차 하지 않고 살았는데 같은 동네 사는 지인이 기르는 개가 새끼를 낳았는데 그중 한 마리를 길러달라는 부탁을 거절할 수 없어 이것도 팔자려니 하며 개 닭 보듯 그냥 데리고 있다. 하지만 저 녀석도 불성佛性이 있다는 엄연한 목숨인데 대접이 아니다 싶어 시도 한 편 써보았다.

꽃돌이

개들은 사람 같은 에고가 없어 도道 닦을 일도 없
어. 이미 붓다가 말한 그 무아無我의 경지에 있는 애
들이지. 감정을 섞어 한 대 때려도 먹이를 주면 속
없이 바로 꼬리를 흔들며 좋다고 달려들어. 그래,
그렇게 존심存心이 없어야 한 세상 걱정 없이 살다
갈 수 있는 거지. 개 팔자가 상팔자라는 거는 말하
자면 에고가 없기 때문이야. 10년 도를 닦아도 에
고 지우는 사람 별로 없어. 그렇다고 저것들을 도사
道士라고 할 수는 없지. 왜냐고? 그것도 결국은 존심
存心이 없기 때문이지 뭐야. 정치판이나 학문판이나
예술판이나 그 어느 판에서 아무리 도道 잘 닦은 도
사道士라도 권력이나 돈 앞에서 알랑거리는 것들은
다 짜가잖아. 개 팔자를 타고난 것들에게 무슨. 아,
갑자기 존심存心 상하네.

나는 집 마당도 넓고 해서 그냥 놓아기르기로 했다. 저도 답답하지 않고 나도 신경 쓸 일 없이 때 되면 밥만 주면 되리라 생각했다. 그리고 사람처럼 강한 에고가 없기 때문에 웬만한 일에 섭섭해하거나 슬퍼하거나 절망하는 일도 없을 것이니 밥만 굶기지 않고 적당히 있는 듯 없는 듯 살면 되리라 생각했다.

그런데 문제는 이 녀석이 너무 어려서 사랑을 받아야 하는데 어미는 없고 나한테 너무 목을 맨다는 것이었다. 하지만 나는 혼자 살며 주말에는 아내에게 다니러 가야 하기 때문에 꽃돌이는 나 아니면 돌볼 사람이 없어 늘 혼자 놀아야 했다. 주중에 같이 있을 때에도 나는 회의에 나가거나 원고에 매달려 있어야 하고 어쩌다 나가는 것은 예초기로 풀을 깎거나 텃밭 일을 하기 위해서니 저하고 놀아줄 일이 별로 없었다. 목줄을 안 했으니 좀 여기저기 돌아다니며 혼자 놀았으면 하는데 내가 안에 있을 때면 문 앞에서 낑낑대고 나가면 정신없이 달려들어 반가워하며 졸졸졸 따라다니니 나는 무엇 하나 제대로 할 수 없었다.

비가 와서 땅이 젖은 날에는 젖은 발로 나에게 달려드니 옷이 엉망이 되어 밖에 나가기가 꺼려졌고, 툇마루도 그 녀석 차지가 되어 온통 더럽혀져 있어서 툇마루에 앉아 먼산바라기를 하는 즐거움도 없어졌다. 게다가 텃밭 일을 하면 따라다니며 밭의 작물을 온통 짓밟고 다니니 점점 성가시고 귀찮은 존재가 되어갔다.

내가 몇 년 동안 공들여 가꾸어낸 일상의 평화가 깨지고 있는 것이었다. 아내의 지청구를 들어가며 억지로 이 집을 지었고 작년에 맘먹고 명퇴도 해서 이 '두텁나루 숲'의 공간을 나름대로 즐길 수 있게 되었는데 이게 무슨 변이란 말인가.

꽃돌이가 요즘 명상의 화두가 되면서 새삼 다시금 실감나게 느끼는 것이 있다. 아이든 아내든 친구든 손님이든 애인이든 강아지든 한 생명을 모신다는 것은 스스로를 그만큼 내려놓지 않고서는 도대체 해볼 도리가 없다는 것을.

다만 늙었어도
포기하지 않은 것뿐이다

고은의 소설 『선禪』을 보면 달마가 인도에서 중국으로 처음 갈 때 해로를 통해 베트남으로 상륙해서 중국으로 들어가는 대목이 나오는데, 뱅골만을 벗어날 즈음에 이동 중인 수만 마리의 철새 떼들이 폭풍을 피해 달마 일행의 배로 내려 앉는 일이 생긴다. 달마는 그 새떼들을 쫓거나 죽이지 말라고 지시한다. 선원들과 일행들이 그 말을 잘 따랐음에도 불구하고 상황이 종료된 후, 배에는 수백 마리의 새들이 죽어 있었다. 그것을 보고 달마는 "저 새들은 늙어서 기력이 다해 죽은 것이다. 다만 늙었어도 포기하지 않았을 뿐이다."라고 말한다.

나는 그 대목에서 잠깐 호흡을 골라야 했다. 무언가가 깊게 마음을 질러왔기 때문이다. 우리는 나이 때문에 타자로부터 제재를 받기도 하고 스스로 포기하기도 한다. 그러는 중에 점점 무기력해지고 죽음의 그늘이 가까이 드리워진다. 이게 일반적인 일상의 '늙음'에 대한 인식이다. 하지만 '다만 늙었어도 포기하지 않았을 뿐이다'라는 말은 강한 생명력을 느끼게 하면서 늙음에 종속되지 않는 생명과 생명을 가진 한 존재의 삶은 '결과'가 아니라 '과정'일 뿐이라는 것을 다시금 각인시켜준다.

디팩 초프라가 말한 것처럼 '노화'란 하나의 개념일 뿐이고 실재는 생명을 가진 모든 존재는 오로지 자신의 생명을 끝까지 발현하다가 소멸하는 것일 뿐이라고 생각한다. 인간이라는 영장류만이 유일하게 생각하는 힘이 있어 늙음이나 죽음 따위를 가지고 고민하고 두려워하며 살고 있는 것이지, 나무는 천년을 살아도 스스로 늙었다거나 죽을 때가 다 되었다거나 하는 생각 없이 그저 하루하루를 열심히 살기만 할 것이다. 생명이 다하는 그날까지 생명을 발현하는 즐거움과 기쁨으로 살 수 있다면 얼마나 행복할까.

새들의 스스로 이상향을 향한 자유로운 날갯짓은 늙음과 무관하며 생명이 다하는 그 순간까지 해야 한다는 이야기는 참으로 감동적이다. 우리가 그렇게 살지 못하기 때문이다.
역으로 말하면 그렇게 살 수 있고, 그렇게 살아야 한다는 말
이다.

生을 버티게
하는 문장들

니란자 강가의 숨소리

　　나이를 먹으면서 언젠가부터 '시간'은 그 많은 의미와 가치를 버리고 '늙음'이라는 말과 동의어가 되어 나를 따라다녔다. 그것은 삶의 지층, 그 어느 바닥에서 막연한 어떤 어둠과 절망의 우울한 안개를 뿜어 올리는 것이기도 했다. 나는 그것이 매우 못마땅했고 불편했다. 그 '시간'이라는 관념을 극복하지 않으면 내 남은 생에 온전한 평화도 없을 거라는 생각을 하면서 그렇게 '시간'에 골몰해 있을 때 불현듯 오래전 읽었던 헤르만 헤세의 소설 『싯다르타』가 생각났다. 기억은 가물가물하지만 '시간'과 관련된 무엇인가 소설의 말미를 장식했던 것 같았다. 소설을 다시 읽으며 내가 찾던 것을 찾아낼 수 있었다. 그것은 '시간이라는 것은 없다'라는 거였다.

소설 속의 싯다르타는 집을 떠나 스승들을 찾아 구도행을 하다 세속에 들어 돈도 벌고 여인을 만나 사랑도 하고 아들도 얻게 되나 다시 떠돌다 마지막으로 니란자 강가에 이른다. 그리고 그곳에서 뱃사공 바수데바를 만난다. 끊임없이 흐르는 세월과 같은 니란자 강이 삶 자체를 상징하고 있다면 뱃사공 바수데바는 그 강을 자유롭게 건너다니는 각자覺者인데 싯다르타는 강에서 그와 함께 보내며 깨달음을 얻는다. 강을 바라보고 강의 깊은 소리를 들으며 시간의 관념을 극복하고서 얻게 되는 것이다. 나는 이 마지막 대목이 주는 깊은 울림과 함께 소설에 대한 독후감으로 아래의 시 한 편을 썼다.

> 니란자 강의 숨소리가 들렸다.
> 만트라 같은 중저음의 깊은 소리에는
> 우주의 지능이 담겨 있을 것이다.
> 나는 그 숨소리를 따라 흐르며
> 강의 가장 중요한 비밀인
> '시간 같은 것은 없다'는 밀어密語를 들을 수 있었다.

상류의 폭포에도 하류의 나루터에도 바다에도
강은 동시에 흐르며 하나로 현존하고 있었다.
강은 끊임없이 흐르는 변화의 세월을
언제나 현재로 산다 하니
나를 흐르는 몸의 세월도
한 생을 통으로 동시에 흐르고 있을 것이다.
시간 같은 것은 없었다. 늙음도 없었다.
촌각의 세월도 없이 지금 여기를 흐르는
강이 있을 뿐이었다.

니란자 강의 숨소리는
변화 속에는 변화를 초월한 실재가 있으며
내가 그곳에 있음을 말하고 있었다.
누군가가 그 실재를 거저 준다 해도
나는 세상과 세월의 변화를 장악할 수 있을까.
몸 안의 세포에 내장되어 온
수백만 년의 지능을 읽어낼 수 있을까.
과연 나만의 옷을 벗고, 나만의 생각도 버리고
그렇게 만날 수 있는 나는 누구일까.

이 중에도 니란자 강가의 숨소리는 계속 들렸다.

– 졸시 「니란자 강의 숨소리」 전문

　하지만 현실 속의 나는 시간의 집적이라고 인식하고 있는 '몸'을 떠나 현존할 수 없으니 나에게 시간은 결코 관념이 아니며 골수에 박혀 있는 존재의 한 부분일 수밖에 없었다. 그래서 몸에 대한 해석을 바꾸어 몸을 다르게 인식해야 한다는 명상 의학자 디팩 초프라의 말이 가슴에 와 닿았다. 그에게는 몸은 새로운 세포를 끊임없이 만들어낼 뿐이지 노화라는 개념은 없었다. 그렇게 신체 세포는 항상 새것이며 나이 백 살을 먹어도 살아 있는 몸의 세포는 낡고 오래된 것이 아니라 항상 새것이라는 것이다. 피부는 한 달에 한 번씩 새롭게 교체되고 위벽은 5일마다, 간은 6주마다, 골격은 3개월마다 새롭게 바뀌며 한 해가 지날 때면 우리 몸속 원자의 98%가 새것으로 교체된다는 것이다. 흐르는 강처럼 몸은 육안으로는 언제나 같아 보이지만 실은 항상 변하고 있다는 말이다.

　나는 디팩 초프라의 몸에 대한 이러한 인식이 바른 것이며 그러하기에 '현존'이라는 개념이 진실이라는 생각을 해본다. 몸은 낡은 세포는 버리고 늘 새로운 세포를 만들어 그것으로 현존한다. 살아 있는 현재가 생명 자체이고 전부인 것이다. 이

　生을 버티게
　하는 문장들

전의 죽어버린 세포나 앞으로 생겨날 세포는 '몸'이 아니듯이, 말하자면 생명존재의 개념에서 보면 과거나 미래 같은 것은 원래 없는 것이다. 과거나 미래 같은 시간은 만들어낸 관념이며 습쀇일 뿐이다. 신체는 끊임없이 변화하기 때문에 우리 자신이 시간의 흐름 속에 존재한다고 여길 뿐이다. 그래서 강의 비밀은 '시간 같은 것은 없다'는 것이다. 상류의 폭포에도 하류의 나루터에도 강은 동시에 모든 곳에 존재하며 인생은 하나의 강일 뿐이다. 흐르고 있으면서도(변화하면서도) 과거나 미래라는 것이 없이 현재만이 존재한다는 것이다.

自然스러운 사람

13세기 지금의 터키 지역에 나스레딘 호자라는 사람이 있었다. 어느 날 그가 당나귀를 잃어버려 울면서 하루 종일 찾으러 다니다가 갑자기 팔을 올리고 기도를 드리기 시작했다. "신이시여. 참으로 감사드리옵나이다." 이 모습을 본 어떤 사람이 물었다. "당나귀를 찾다 말고 웬 감사요?" 그러자 호자가 대답했다. "내가 그 당나귀 위에 올라타고 있지 않았다는 사실에 감사한다네. 만약 그랬더라면 나 자신도 잃어버렸을 것 아닌가?"

여러 가지를 생각하게 하는 재미있는 이야기다. 당나귀는 그 지역의 특성상 반드시 필요한 것이었고 당시 가난한 사람들에게는 살고 있는 집 다음으로 큰 재산이었을 것이다. 나스레딘은 현자였기 때문에 재물을 잃고서도 감사할 수 있었다. 재물을 잃은 것도 슬픈데 마음마저 잃고 자신을 잃는 것은 어리석은 것이라는 깨달음이 있었기 때문이다. '당나귀 위에 올라타고 있지 않았다는' 것은 재물에 마음을 두지 않았다는 말에 다름 아니다.

자본주의 현대를 사는 사람들은 누구나 재물에서 자유롭지 못하다. 그래서 항상 일상생활에서 손해와 이익을 따지며 산다. 그렇지 않으면 현실을 살아갈 수 없는 바보가 되고 무능력하다는 말을 듣게 된다. 하지만 나무가 손해와 이익을 따지면서 서 있는 것이 아니고, 하늘의 별이 반짝이는 것 또한 손해와 이익을 계산해서 빛나는 것이 아니건만 얼마나 아름답게 잘 살고 있는가. 우리도 그런 자연이 될 수는 없는 것일까? 아니 자연自然스러운 사람이라도 되어야 하지 않겠는가.

언젠가부터 나는 '자연스러운 사람이 되어 자연스럽게 살자'는 슬로건 하나를 갖게 되었다. 옷차림이 참 자연스럽다고 하면 세련되고 멋지다는 말이고, 분위기가 자연스럽다는 것은 자유로우면서 편하다는 이야기고, 말하는 것이 자연스럽다는 것은 꾸밈이 없고 진실하다는 말일 것이다. 더 다양하게 쓰이고는 있지만 종합해보면 '자연스럽다'는 것은 진실하며 자유롭고 아름답다는 것이다.

그런데 '자연스럽다'는 말의 뿌리는 '자연自然'이니 사실은 '자연'이 그러하다는 것이다. 산과 바다의 일상이나 비가 오고 꽃이 피는 일 등이 자연이고 자연의 현상인데 그것들에 무슨 거짓이 있을 것인가. 그래서 성현들은 자연은 진리요 도道이고 법法이며 생명 그 자체라고 말해왔다. 그러니 인간사 모든 문제의 답도 자연에 있다는 말은 틀림이 없는 말일 것이다.

하지만 요즘 사람들은 '자연'보다는 '자연산自然産'만 좋아한다. 너 나 할 것 없이 자연산을 찾는다. 그리고 그것은 생태 환경과 함께 사회적 문제의 본원에 있는 자본주의 대량생산이 가지는 문제와 궤를 같이하는 것이다. 어쨌든 현대인들은 그렇게 자연과 거리를 두고 있고 자연이 가진 진리와 도道, 법法이며 생명 그 자체와는 떨어져 살고 있는 것이다.

어느 책에서 본 '호수 위를 날아가는 기러기가 제 그림자를 호수 위에 드리우되 일부러 그러지 아니하고, 호수는 기러기의 그림자를 비추되 일부러 비추려 하지 않는다.'라는 구절이 생각난다. '자연스럽다'라는 것은 바로 이런 것이지 않겠는가. 흐르는 물처럼 주어진 삶의 조건과 환경 속에서 자기 본연의 삶을 충실하게 살다 보면 타자와도 저절로 어울리게 되고 하나의 완성된 아름다운 그림이 되니 '자연'이 바로 그러하지 않은가. 그리고 그 기러기나 호수의 마음에 근접해 있는 사람이 바로 '자연스런 사람' 아니겠는가.

무위무불위無爲無不爲

　　해마다 봄이 되면 모든 잎은 새로운 잎이요 모든 풀도 새로운 풀이다. 사람도 밤낮없이 늘 태어나지만 태어나는 사람마다 늘 새로운 사람이다. 주기는 다르지만 세상의 모든 생명들은 죽기 전까지 이처럼 우주자연의 순환성 속에 늘 새롭게 태어나 존재하다가 죽는다. 사실 모든 생명들은 죽기 전까지 다 새로운 존재들이다. 90세의 노인이라고 해서 사정이 달라질 것은 없다. 다만 우리의 구체적 일상이 상대적 사고에 길들여져 있어서 누군가가, 무엇인가가 새롭게 태어나면 상대적으로 나는 헌것이라는 인식을 하게 되는 것이다. 하지만 생명에 있어서 새것과 헌것의 개념은 본질적인 개념이 아니라고

　生을 버티게
하는 문장들

생각한다. 한번 태어난 생명은 90세가 되었어도 죽을 때까지 스스로 빛나는 생명일 뿐이다. 다만 사람들이 죽을 때까지 스스로 빛나는 존재로 살지 못하고 죽을 뿐이다.

이러한 우리의 생명은 스스로 빛나면서 또한 스스로 빛나는 것은 아니다. 해와 달이 나무와 풀이 온갖 짐승과 새들이 물고기들이 그리고 당신이 나를 존재하게 하며 빛나게 하는 것이다. 그 모든 것들이 그렇게 하려고 어떤 특별한 노력을 하는 것은 아니며 자신의 생명활동을 하는 스스로의 존재 자체가 다른 생명을 존재하게 하고 빛나게 한다.

숲속의 나무 하나는 어디도 가지 않고 아무것도 하지 않고 그 자리에서 평생을 살다가 가지만, 그 나무는 세상의 비와 바람을 다 맞는다. 그리고 꽃을 피워 봄이 있게 하고, 벌과 나비의 양식이 되고, 씨를 맺어 생명을 잉태한다. 평생을 한곳에서 한 치도 움직이지 않지만, 스스로에게 또는 세상에게 하지 않은 것이 없다. 모든 것은 그 존재 자체로 스스로 빛나는 것이다. 어느 누구에게 발견되어 사람들에게 아름답다고 회자되어야만 빛나는 것은 아니다. 이미 우리는 존재 자체로 스스로 빛나고 있다. 이것이 노자가 말한 무위無爲의 진리일 것이다. 무엇을 인위적으로 하지 않으면서도 하지 않는 것이 없다(無爲無不爲)는.

하지만 21세기의 현대인들은 이것을 용납하지 않는다. 우주자연의 존재적 질서와 그 존재의 순환적 질서를 철저하게 깨며 이루어낸 것이 오늘날 현대문명이기 때문이다. 간혹 정글의 질서를 말하며 자연은 힘의 논리에 의해 진행된다고 말하는 이들이 있지만 그것은 힘 있는 자들의 자기중심적인 논리일 뿐이다. 자연의 먹고 먹히는 삶의 실상은 자연의 순환적 질서라는 큰 흐름 속에서 진행되는 순환의 과정이라고 봐야 할 것이다.

그러나 대부분의 사람들은 현실의 당면한 살림살이에 치여서 무위無爲의 진리를 구체적 진실로 자신의 곁에 두지 못한다. 그것은 현대인들의 삶의 욕구가 도를 넘어 탐욕의 세월을 살고 있기 때문이다. 무위의 진리가 관념으로만 받아들여지는 것은 우리가 자본문명의 길을 걷게 되면서 무한대로 팽창한 탐욕 때문이다.

이 현대인들의 탐욕은 이미 21세기의 삶 속에서 보편적 정서로 자리 잡고 있는 듯하다. 사실 이 탐욕이야말로 폭력의 근원이고 모든 순환 질서를 깨는 근본 원인이다. 이것은 오늘날 현실 자본주의 사회에서는 경제성장이라는 이름으로, 개인에게는 행복이라는 이름으로, 또는 당위적 삶이라는 이름으로, 현실이라는 이름으로, 혹은 자유라는 이름으로, 스스로를

生을 버티게
하는 문장들

정당화하고 있다. 그리고 우리들 또한 '나'의 탐욕에는 관대하지만 우리 사회나 다른 누구의 탐욕에는 분노하면서 뻔뻔하게 잘 살고 있지 않은가.

그녀의 눈물

　　10여 년 끌어온 지리산 케이블카 설치 반대 운동이 좋은 결실을 맺게 되었다. 관에서 추진하던 계획을 철회했기 때문이다. 노고단에 올라가 고마움을 알리는 제를 지내는 동안 반대운동의 중심에서 헌신적으로 일했던 그녀가 울기 시작했다. 조그마한데다가 가냘픈 여자가 우니 감동보다는 가여움으로 다가왔다. 그녀는 노고단의 마고 할머니 품에 안겨 작은 어깨를 들썩였다. 살랑살랑 부는 바람에 환한 원추리 꽃들이 흔들거리고, 마고 할머니는 포근한 얼굴에 인자한 미소를 지으며 어깨를 다독였다. 눈물이 아름다운 것은 그 일을 이루었기 때문이 아니라 정성을 다한 자의 눈물이기 때문이다.

그렇다. 어떤 일이 이루어진다는 것은 물리적인 힘이나 제도적 권력에 의해서라기보다는 이 간절한 마음 때문이라고 말해야 한다. 꽃 한 송이가 피어나는 것은 계절이 바뀌어서도 아니고 햇살이 좋아서도 아니고 땅이 기름져서도 아니라고 말해야 한다. 오로지 꽃을 피우고자 하는 한 생명의 정성 때문이라고 말해야 한다. 그래서 이 세상의 변화와 사회의 진화도 삶의 지층에 켜켜이 쌓여 있는 곡진한 마음들 때문에 이루어진다고 말할 수 있어야 한다. 그 마음이 바로 사람이며 휴머니즘이며 사랑이며 감동이다.

국립공원 케이블카 설치에 따른 찬반 문제의 본질도 사실은 자본가치 중심의 삶과 인본가치 중심의 삶이라는, 지향이 다른 두 개의 삶이 충돌하고 있는 21세기 전 지구적 상황의 한 경우였다고 생각한다. 우리는 인본가치 중심의 삶을 택했고 그것은 바로 '그녀의 눈물'에 다름 아니다. 우리가 원하는 지속가능한 세상, 모두가 함께 잘 사는 세상은 물질이 풍부한 자본의 세상이 아니라 눈물도 아름다운 사람들이 사는 세상이지 않을 것인가.

지리산이라는 이름의 스승

　　지리산 자락에 살면서 알게 된 것 중의 하나는 우리나라의 많은 산들은 오래전 지금과 같은 문명 이전의 삶 속에서는 생활의 공간이었다는 점이다. 산의 모든 길은 등산로가 아니라 일상생활의 길이었다. 산을 가다 보면 가끔 '등산로 아님'이라는 팻말이 보이는데 이것은 지정된 등산로 외에는 모두 사람이 다녀서는 안 된다는 의미가 강하게 담겨 있다. 하지만 이것들 또한 다 예전에 사람들이 다녔던 길이다. 나무하러 다니고, 장 보러 다니고, 능선 너머 이웃동네를 넘나들던 삶의 일상 속에 있던 길이었다. 두 다리만이 유일한 교통수단이었던 민초들에게는 마을과 마을, 지역과 지역을 연결하는 가장 가까운 일상의 교통로가 바로 산길이었다.

예를 들면 이런 것이다. 노고단에서 남쪽으로 섬진강을 바라보며 내려오는 지리산의 지능선이 있는데 능선의 양쪽에는 물론 계곡이 있다. 동쪽에 있는 문수골과 서쪽에 있는 화엄사 계곡이 그것이다. 지금은 문수골 깊은 동네의 사람들이 화엄사 쪽 동네를 가려면 차를 타고 대략 15킬로미터 정도를 돌아서 가는데 옛날에는 그 능선을 가로질러 넘어가면 3킬로미터 정도만 걸으면 되었다. 말하자면 뒷산 하나 넘어가면 되는 산길이었던 것이다.

그리고 지리산 주능선에 있는 화개재나 장터목도 그런 정황을 상상하게 해주는 지명들이다. 남원 쪽 장꾼들이 화개장을 가기 위해 뱀사골을 타고 올라 넘어야 했던 지리산 주능선의 고개가 바로 화개재다. 그러니 화개재라는 이름은 남원 쪽 사람들에 의해 정착된 이름이 분명하다. 그리고 천왕봉 바로 아래 장터목도 경상도와 전라도를 넘나들던 장꾼들이 쉬어가며 서로 물목을 확인하고 정보교환과 함께 거래도 있었던 곳으로 짐작된다. 이처럼 산은 옛사람들에게는 삶터였고 생활의 현장이었고 일상의 길이었다.

그러니 일상으로 산을 오르내려야 했던 옛사람들은 생활 속에서 자연스럽게 산의 품성을 몸에 익히며 살았을 것이다.

그 사람들은 그런 일상생활 속에서 나무와 새와 물과 짐승과 벌레들, 그 숱한 생명들과 어울리지 않으면 살 수 없는 한 생명과도 같은 존재라는 것을 본능적으로 알았을 것이고, 나아가 사람과 사람이 서로 나누며 돕지 않으면 하나의 마을이 이루어질 수 없는 공동체적 존재라는 것을 배우지 않아도 몸으로 알고 있었을 것이다. 모든 생명은 불가분의 관계이며 서로 나누고 모셔야만 살 수 있다는 삶의 진실을, 산을 오르내리며 스스로도 모르는 사이에 체득하며 살았을 것이다. 이러한 산의 품성을 따로 배우거나 가르치지 않아도 저절로 일상 삶 속에서 가지게 되었을 것이다.

하지만 사람들은 언젠가부터 산에서 내려오기 시작했고 자동차와 함께 속도문화가 일반화되면서 산은 더 이상 삶터가 아니라 레저공간으로 인식되고 그렇게 변해갔다. 산길의 일부는 등산로가 되었고, 마을들은 캠핑장이 되었고, 묵어 있는 더 많은 길들은 이제 고로쇠꾼이나 멧돼지 가족들이 다니고 노루가 가다 말고 서서 잠깐 뒤돌아보는 길이 되었다.

그리고 산은 사람들에게 땀 흘리며 사는 성실한 삶을 체득하게 하고 고운 심성을 갖게 하고 순수한 영혼을 유지하게 했지만, 우리가 산의 품성을 잃어버리면서 산은 삶의 중심이 아니라 개발의 대상이고 착취의 대상이 되었다. 아직도 산과 그 길들은 변함없는 마음으로 존재하건만 우리 스스로가 그 산을 버렸고 그 길을 잃어버렸다. 산은 속도의 걸림돌이 되어 파괴되었고 구경거리가 되어 짓밟혔으며 사람들은 자본주의 시장경제라는 경쟁적인 삶 속에서 공격적으로 변하여 불신과 분노와 증오가 증폭된 일상을 스스로 살게 되었다.

그렇게 산을 내려와 자본이라는 달콤한 유혹 속에 묻히면서 우리는 산의 삶이 보여주었던 자연의 질서에 순응하기를 거부하고 인간의 욕구가 만들어낸 인위적인 질서를 따르게 되었으며, 더 많은 것을 원하고 더 높은 곳을 원하고 더 빠른 것을 원하는 생활을 하게 되었다. 그리하여 산으로부터 연결된 자연의 영성을 잃고 스스로를 잃고 소유와 힘의 논리, 경쟁과 지배의 논리로 살게 되었다. 개발이라는 이름으로 자연에 대한 폭력이 정당화되고, 경쟁적 삶이 전개되면서부터 존중과 배려의 마음들이 사라지고, 이익을 위해서라면 부정과 부패도 당위적 정당성을 얻게 되는 삶을 받아들이며 그렇게 사람들은 산의 품성을 잃고 사람이 가지고 있어야 할 본래의 품성을 잃어왔다.

이렇게 변한 현재 우리의 일상 속에서 '산'은 우리에게 큰 스승으로 온다. 우리가 다시 산으로 돌아가 살 수는 없게 되었지만 산은 아직도 우리의 본래 품성을 되찾을 수 있는 스승으로 그곳에 있다. 우리가 경제적 이득이나 편리함만을 생각한다면 산은 개발의 대상이고 하나의 땅덩어리에 불과하지만 조금만 관점을 바꿔 생각하면 산은 사람이 사람다워질 수 있는 아름다운 인간의 품성이 무엇인가를 체득하게 해주는 스승일 수 있다. 그리하여 오래전 산이 일상생활의 중심에 있던 시절 자연스럽게 지니고 살았던 산의 품성을 다시 찾을 수도 있을 것이다.

아무런 말이 없지만 곤고한 우리에게 늘 무언가 답을 주고 있는 산, 모두가 스스로에게 필요한 맞춤형 답을 얻어 갈 수 있는 산, 그리고 언제나 변함없이 우리를 품어주는 산, 고향의 그리운 어머니처럼 언제나 그곳에서 우리를 기다려주는 산, 원래 있는 그대로의 모습이 얼마나 아름다운 것인지를 보여주는 산. 그래서 산의 어느 계곡, 어느 능선에서 나무 한 그루, 꽃 한 송이를 만나더라도 우리는 그 아름다움의 뒤에 숨어 있는 산의 탄식과 오랜 그리움을 읽어낼 줄 알아야 한다. 언제나 말이 없으나 묻지 않아도 늘 푸른 대답을 스스로 보내오는 지리산, 우리의 슬픔과 좌절과 절망, 그 모든 것을 품어내고 삭여내어 새 살을 만들어내는 지리산, 이처럼 산의 아름다운 품성은 높은 해발의 고도가 아니라 숲이 거느리는 생명의 밀도에 있음을 알아야 한다. 우리가 이처럼 산을 오르내리며 산을 만난다는 것은 우리들 내면의 소리, 영혼의 소리를 듣는 것이며 내 안의 하느님(신성)에 다가가는 것이라고 생각한다.

그래서 산이 개발과 착취의 대상이라는 천박한 자본주의적 인식에서 벗어나 산이 거느리고 있는 영성적 품성을 되찾아야 하는 일은 어쩌면 지금 우리 시대의 진정한 화두인지도 모른다. 우리의 현재적 삶이 그리고 그 정신과 영혼들이 얼마나 위기에 놓여 있는지조차 모른 채 인간의 욕망은 브레이크 없는 자본주의라는 전차를 타고 달리고 있다.

산은 그리고 내 현실의 삶 앞에 있는 지리산은 내겐 언제나 큰 스승으로 있다. 어떠한 삶을 어떻게 살아야 이 시대를 가장 잘 살 수 있는지에 대한 답을 내장하고 있는 산, 누가 묻지 않아도 언제나 푸른 대답을 보내주고 있는 지리산, 하지만 내가 자본으로부터 한 발자국 물러나 생각을 바꾸고 행동을 바꾸지 않으면 들을 수 없는 그 푸른 대답, 비가 오나 눈이 오나, 해가 바뀌고 또 바뀌어도, 언제나 묻지 않아도 늘 그 대답을 보내오건만 우리는 언제나 그 대답을 듣고 화답할 수 있을 것인가.

비트산행

　어린아이는 엄마에게 많은 질문을 한다. "엄마, 코
끼리는 왜 코가 길어?" 또는 "엄마, 바다는 왜 푸르데?" 이런
질문을 받으면 참 난감하다. 과학적으로 설명하자니 애가 못
알아들을 것이고 아니 그런 지식도 별로 없다. 그런데 아이들
은 왜 그런 질문을 할까? 그건 당연히 그것이 이상하고 또 궁
금하기 때문이다. 이제 세상에 눈 뜬 지 갓 4, 5년 된 생명들
에게는 세상의 모든 것이 이상하고 신기하고 새로운 것들뿐
이다. 그러니 외출하거나 여행을 할 때면 끊임없이 질문을 해
대는 것이다.

　이런 아이들에게 낯선 이 세상은 얼마나 신기하고 즐거울

까? 매일매일 주변에서 새로운 것들을 발견하면서 아직은 낯선 세상을 사니 그 세상이 얼마나 재미있고 즐거울까? 하지만 많은 어른들에게는 늘 똑같은 풍경에 반복되는 세상이고 그래서 지겨운 세상일 뿐이다. 다시 말하면 새롭지 않다. 그래서 어른들은 여행을 하게 된다. 어린아이들처럼 새로운 세상, 낯선 세상을 보며 세상을 새롭게 보고 싶은 것이다.

사실, 똑같은 세상을 늘 새롭게 볼 수 있고 새롭게 살 수만 있다면 그건 이미 깨달음의 경지에 이른 것이다. 옛 시에 '깨달음'이란 선시가 있다. "깨달음을 얻기 전에는/ 나무를 하고 물을 길었다.// 깨달음을 얻은 후에도/ 나무를 하고 물을 긷는다." 이 시를 보면 깨달음을 얻기 전이나 얻은 후에나 아무 것도 변한 게 없다. 그래서 깨달음은 물을 긷고 나무를 하는 일상의 현실에 있다는 것과 그 일상을 새롭게 보고 또 새롭게 살아야 한다고 말하고 있는 것 같다. 이 지겨운 일상(현실)을 새롭게 볼 수만 있다면 세상은 신기롭고 즐거울 것이고 그렇게 늘 새롭게 현재의 일상을 살아낸다면 그런 행복이 어디 있으며 그것이 깨달음이 아니고 무엇이겠는가? 그러고 보면 우리 같은 범인들에게 여행이라는 것은 깨달음의 대리만족쯤이나 되는 것이라고 해야 할 것이다.

나는 사실 여행을 많이 하지 못했다. 싫어하는 것은 결코 아니고, 돌아다니는 것을 무척 좋아하는 편인데도 국내나 해외여행을 별로 하지 않았다. 다만 무언가 마음의 변화나 위로나 생활의 어떤 새로움이 필요할 때면 혼자서 훌쩍 산으로 간다. 가까운 산이 지리산이니 늘 지리산을 다닌다. 30대 후반에서 40대 초반의 한때 한 몇 년은 작고한 박배엽 시인과 함께 지리산의 비등산로를 주로 다녔다(그때만 해도 단속이나 벌금이 없어서 다녔고, 지금은 안 다닌다). 그 길들은 한국전쟁 전후의 빨치산들이 주로 다녔던 길이기도 하고 그 이전에는 나무꾼이나 장꾼들이 다녔던 길이고 현재는 고로쇠꾼들이 자주 이용하는 길이다. 그 지리산의 낯선 지능선이나 지계곡을 혼자서 자주 탔던 것은 여러 이유가 있지만 따지고 보면 다 내 안의 두려움을 이겨내기 위해서였다. 지리산은 전북 경남 전남 3개도에 걸쳐 있는 넓은 산이어서 한번 헤매기 시작하면 요샛말로 장난이 아니다. 지금이야 위치정보시스템(GPS)이 있지만 그때는 나침반과 지도 한 장 믿고 그냥 갔다. 그리고 사라진 길의 흔적을 더듬어 산을 타는 동안은 모든 걸 다 잊을 만큼의 긴장과 두려움이 함께했다. 그것은 어쩌면 내면의 깊은 어디에서 가쁘게 숨을 몰아쉬는 생명력에 다름 아닐 것이다. 그것은 내가 일상에서 데리고 사는 크고 작은 두려움들을 말끔하게 지워주는 역할을 했다.

나중에 지리산을 오르며 즐겨 찾아간 곳은 산사람(빨치산)들의 비트(비밀아지트)였다. 물론 처음에는 빨치산 출신 장기수 어른들이나 관련자들의 도움을 얻어서 찾아 다녔다. 비트라고는 하나 무슨 문화유산처럼 특정의 흔적이 있는 것은 아니다. 이현상비트나 박영발비트, 구례군당비트는 그래도 그 흔적과 생활을 어느 정도 짐작할 수 있었으나 그 외의 환자트나 무기, 식량 등을 숨겼다는 비트들은 그저 이 근처였다는 것만을 확인하는 것이 전부였다.

그들은 빨치산이라고 불렸지만 하나의 조국을 꿈꾸고 진정한 인간해방을 꿈꾸었던 한국전쟁 전후 당대의 진정한 전사들이었다. 나는 열심히 산을 찾던 80, 90년대만 해도 시대적 상황 탓도 있었지만, 산을 오르며 비극적인 역사와 이데올로기보다는 빨치산의 삶을 선택할 수밖에 없었던 사람들의 삶을 말해야 한다고 생각했고 그것이 현재를 사는 시인의 몫이고 지리산을 오르는 나의 몫이라고 생각했다. 그래서 지리산 연작시를 썼고 '그리움'이라는 단어에 모든 걸 담고자 했다. 가족에 대한 그리움, 사랑하는 사람에 대한 그리움, 죽은 동지들에 대한 그리움, 조국 해방에 대한 그리움, 그리고 존재의 고독에서 오는 근원적 그리움까지 지리산은 그 모든 그리움을 내장하고 있는 산으로 그려지기를 바랐다.

지리산1
–서시

1
산은 언제나 그곳에 있다
오랜 마음 속 벗처럼
부르지 않아도 항상
푸른 대답을 보내오고
그리움이 깊을 대로 깊어
산빛 너울이 아프다.

2
미친 눈보라, 갈 곳 없는 어둠
사십 년 징역을 곱게도 사는구나.
물빛 하늘 얼굴들
살아서는 부둥킬 수 없었던
그리움 곁으로 가고
홀로 남아
상처 깊은 짐승처럼
우우우 웅크린

산.

3
그대
눈부신 억새꽃 바람결로 스미고
깊은 숲그늘 돌틈
철쭉으로 피어나
우리들 일상의
또 다른 이름이 되었다.
다하도록
스스로가 다하도록 내려올 수 없어
산이 되었던 그대.

4
우리 곁을 떠나간 벗들은
저 산 되었지
헐벗어 눈 덮인 저 산.
그래, 바라던 조국을 만나
풀씨는 맺었나
슬픔은 없더나.

5

저 산처럼 서야지
산이 거느리는 핏빛 그리움으로
살아 남아야지
밤마다 이빨 빠지는 꿈을 꾸며
가버린 벗 생각는 일은
그만 두어야지
깊은 숲 그늘 바람, 숨 죽여 울면
아직도 너의 목소리가 들린다.

―졸시 「지리산1」 전문

　산은 늘 그곳에 말없이 혼자 있지만 언제나 외로운 건 우리
다. 그리고 그때마다 산은 늘 푸른 대답을 먼저 보내온다. 다
만 우리가 그 오랜 침묵의 답변을 읽어내지 못할 뿐이다. 그것
은 우리가 산처럼 단 하루도 스스로 침묵해보지 못했고 단 한
번도 산의 외로움에 대해서 생각해보지 않았기 때문이다. 지
리산 비트 산행은 삶의 근원적 두려움과 외로움의 맨얼굴을
직접 만날 수 있고 또 많이 친해질 수 있어서 각별한 여행이라
고 할 수 있었다. 지금은 공단사무실에 신고하고 가야 하지만

그래도 사는 일이 신산해지면 가끔 비트산행을 하곤 한다. 지금은 익숙한 길이 되었지만 산은 늘 새롭다. 모든 생명을 품은 산은 그 생명들이 뿜어내는 생명력으로 인해 사계의 하루하루가 모두 새롭고 신선하기 때문이다.

세상에서 가장 맛있는 밥

　　그 노인네에게 농사라는 건 바로 밥 짓는 것이었다. 그리고 그 밥 짓는 것은 밥을 모시는 일이었고 그 밥을 모시는 것이 흔히 하는 말로 그가 존재하는 이유였다. 하루를 사는 동안 가장 소중하고 절실한 것은 한 끼의 밥을 먹는 일이었다. 하루 한 끼의 밥을 모시기 위해 잠자고 그 한 끼의 밥을 모시기 위해 눈을 뜨는 것이었다. 그가 하루를 꼬박 움직여 한 끼의 밥을 모시고 먹는 것은 그에게 있어서 가장 신성한 시간이고 유일하게 그의 입이 움직이는 시간이고 그것은 그의 종교였다.

내가 그 노인을 만나야겠다고 생각한 것은 대학시절 함께 언더에서 활동을 했던 한 선배 때문이었다. 이 선배는 나이 마흔 고개를 바라보는 어느 날 갑자기 산으로 들어가 땅 파먹고 살겠다며 도시를 떠났다. 딱히 직장이랄 것도 없는 비정부기구(NGO) 단체에서 이런저런 돈 버는 일과는 무관한 일만 하다가 무엇이 계기가 되었는지는 몰라도 언젠가 훌쩍 사라져 연락이 두절된 까맣게 잊힌 선배였다. 그런데 10여 년이 흐른 어느 날, 어느 잡지에서 나는 우연히 이 선배를 보게 된 것이다. 귀농학교 관련 기사와 함께 인물 취재에서 성공한 귀농인으로 이 선배가 집중 조명을 받았던 것이다.

나는 잡지사에 전화를 해서 수소문 끝에 선배를 만날 수 있었다. 선배는 많이 변해 있었다. 아니 변했다는 말보다는 완전히 다른 사람이 되어 있었다. 우선 외모부터가 달랐다. 반백의 긴 머리를 상투를 틀어 올렸으며 희끗한 긴 수염을 기른 풍모며 가무잡잡한 얼굴에 몸은 말라 있으면서도 단단해 보였다. 말하자면 자연농법을 하는 사람답게 자연에 어울리는 풍모를 하고 있었던 것이다.

그리고 그의 자연농법을 들으며 나는 또 한 번 놀랐다. 논농사나 밭농사 할 것 없이 모두 모종은 하지 않고 씨를 뿌리는 농사였는데 김매기를 거의 안 한다는 것이었다. 쉽게 말하면 씨만 뿌리고 그냥 내버려두면 스스로 크고 나중에 수확만 하면 된다는 것이었다. 적어도 나에게는 그렇게 들렸다. 풀과의 전쟁이라는 농사짓는 사람들의 말은 참으로 부질없는 말이었던 것이다. 자연농법에 대해 이런저런 이치와 이런저런 방법들을 열심히 설명하는 선배를 보며 무엇인가에 미친다는 것이 삶의 정수에 이르는 길이구나 하는 생각을 했다. 그리고 그런 선배가 있기까지의 배후에 그의 스승이 있었다는 것을 알게 되었다. 이야기의 중간에 가끔씩 등장하는 그의 스승은 나의 호기심을 발동시키기에 충분했다. 우선 선배의 인생관과 가치관을 완전히 바꿔놓은 그가 궁금했고 선배의 자연농법은 그 스승의 삶 속에서 나온 것이며 그 스승이라는 사람은 자연 속에서 고라니나 멧돼지 같은 하나의 개체로 자연 그 자체가 되어 살고 있다는 것이었다.

이야기 끝에 내가 한번 만나보고 싶다고 하자 선배는 그러라고 하며 찾아가는 길을 자세히 일러주었다. 그리고 한 마디를 덧붙였다. 가면 점심 때 찾아가서 꼭 밥 한 끼 얻어먹고 오라는 것이었다. 나는 그때까지만 해도 '밥 한 끼'가 가지는 비유와 상징을 전혀 눈치 채지 못했다.

그 스승이 있다는 곳은 노선버스가 하루에 두세 번 다니는

70   生을 버티게
하는 문장들

산마을에서 한참을 걸어가야 했다. 골짜기의 초입을 지나 선배가 일러준 대로 한참을 갔는데 산의 중턱쯤에나 이르렀을까 나무 사이로 어설픈 집 한 채가 보였다. 높다고는 할 수 없으나 참으로 깊은 곳에 위치한 집이었다. 가까이 가서 보니 집의 골격을 제대로 갖추지 못한 집이었지만 이곳저곳 잔손이 간 다부진 집이었다. 집에는 아무도 없었다. 사람을 찾기 전에 우선 집을 둘러보기로 했다. 마당이랄 것도 없는 집 앞의 공간에는 크고 작은 독들이 있었고, 나무로 짠 후 비닐장판을 덧댄 작은 평상 위엔 고추 밤 감 옥수수 등의 각종 수확물들이 많지도 않고 적지도 않은 양만큼 널려 있었다. 비닐을 두세 겹 덧대어 낸 부엌이 있었고 산에서 내려오는 물을 받고 있는 빨간 고무다라에는 비닐로 밀폐한 몇 개의 용기들이 동동 떠 있었다. 그 집의 냉장고라고나 해야 할 것이었다. 활짝 열린 방을 들여다보니 촛대에 초가 꽂혀 있었고 천정을 보니 형광등이 없었다. 전기가 안 들어오는 곳이었다. 사람을 찾아보려다가 얼추 점심때가 되어가는 듯해서 기다리면 오겠지 하는 마음으로 평상의 귀퉁이에 앉아 시야에 들어오는 주위 풍경을 보고 있었다.

그때 기척이 나면서 사람이 나타났는데 깜짝 놀랐다. 웬 백

밭의 노인이 상체를 벌거벗은 채 낫을 들고 오지 않는가. 햇살은 있었으나 이미 가을이 깊어 해만 구름에 가려도 으스스한 때인데 아무리 일을 한다고는 하지만 노인네가 이 가을에 상의를 입지 않고 다니는 것은 이해가 되지 않았다. 하지만 그 몸은 칠십 객의 노인네 몸이 아니었다. 구릿빛의 탄탄한 근육질로 군더더기 하나 없는, 그저 꼭 필요한 만큼만 붙어 있는 탱탱한 살이 가을빛을 받아 빛나고 있었다. 인사를 나누고 나중에 알고 보니 원래 그렇게 산다고 했다. 옷이 없는 것은 아니나 그게 더 편하다는 것이었다.

어쨌든 선배의 말대로 밥 한 끼를 얻어먹게 되었다. 아니 노인께서는 언제나 누군가가 오면 반드시 밥을 나눠 먹는다고 했다. 어둡고 작은 방의 방바닥은 울퉁불퉁했으나 밥상은 평평했다. 자신이 농사한 채소와 곡식들로 차린 소박한 밥상이었는데 밥이 좀 이상했다. 밥그릇도 평범한 그릇인데 밥은 형형색색의 잡곡밥이었다. 현미와 콩, 조, 수수, 율무, 보리, 검정깨, 팥, 땅콩, 옥수수 등 자신이 추수한 14가지 잡곡으로 만든 밥이라고 했다. 그리고 그 밥은 뜸을 들이지 않은 반숙 상태의 밥이었다. 완숙을 하는 것보다 훨씬 더 많은 양의 저마다 곡식들이 가진 영양소와 열량을 그대로 섭취할 수 있다는 것이었다. 그래서 밥 한 술에 200번 정도를 씹은 후에 삼켜야 한다고 했다.

　우리는 밥을 씹는 동안 이런저런 이야기를 나누었지만 원래는 입안에 있는 그 낱알 하나하나에 대한 고마움을 생각하며 씹어야 한다고 했다. 오로지 밥 한 그릇을 비우는 데만 소요되는 1시간 동안 그 곡식들이 자랄 수 있도록 도와준 햇볕이며 비며 거름이 되어준 낙엽들이며 땅을 갈아준 지렁이들을 고마워해야 한다는 것이다. 그리고 또 그것들이 존재할 수 있도록 도와준 구름이며 나무며 흙이며 그런 것들을 생각하면 세상은 그 자체로 고마운 것이고 벌레 하나라도 없어서는 안 될 것들이며 모두가 고맙지 않은 것이 하나도 없다고 했다. 그래서 그 밥을 먹고 있다는 자체도 고맙고 숨 쉬고 존재하고 있는 현재가 기적이며 얼마나 존귀하고 고마운 것인지 모른다는 것이다. 실로 밥 한 그릇에는 세상이 담겨 있고 우주가 담겨 있는 것이었다. 이 밥이야말로 세상에서 가장 귀하고 고맙고 맛있는 밥이 아니고 무엇일까.

　그런데 진짜 200번을 씹으니 그 거칠던 밥이 죽처럼 이겨져 달착지근한 것이 그렇게 맛있을 수 없었다. 태어나서 먹어본 밥 중에서 정말 가장 맛있는 밥이었다. 노인께서는 그 밥을 하루에 점심 한 끼만 잡수신다고 했다. 아침은 몸님이 수축되어 있고 덜 깨어난 상태라서 완전히 몸의 모든 세포가 깨어 활발해질 때까지 기다렸다가 점심 한 끼를 모신다는 것이다. 저녁은 몸님이 극도로 이완되어 피곤한 상태이니 과일 하나 정도를 먹든지 아예 안 먹고 수면을 통해 쉬는 것이 좋다고 했다. 그러고 어떻게 하루 종일 일을 하시느냐고 하니까 한 끼를 완전 연소하기 때문에 그 열량은 일반 사람들 세 끼의 열량보다 많으면 많았지 적지는 않을 것이라고 했다. 보통 사람들의 식사는 몸이 완전 흡수를 하지 못하고 절반 정도는 똥과 함께 배출되지만 당신의 하루 한 끼 식사는 14종류의 곡식을 완전히 흡수한다는 것이다. 그리고 원래 사람의 몸은 동면을 할 만큼의 열량을 기본으로 가지고 있으며 그게 건강한 몸이라는 것이다.

어쨌거나 나는 세상에서 가장 맛있는 밥 한 끼를 모시고 난 후 그분이 싸주시는 이런저런 나물과 씨앗 봉지를 받으며 무심코 "여기에서 이렇게 살면 가난이라는 것은 모르고 살겠네요." 그랬더니 "가난이라는 것은 원래 없는 것이오. 자연에 어디 가난이 있습니까? 매미는 가난하고 꿀벌은 부자인가요? 감나무는 부자고 고욤나무는 가난한가요? 자연에는 풍요만이 있을 뿐입니다. 사람이 자연의 하나가 되는 순간 가난은 없는 것입니다. 아니 원래 사람은 자연인데 사람들이 스스로 구분하면서부터 가난도 생기고 욕심도 생긴 겁니다. 자연은 모두가 그 존재 스스로를 나누는 것들이어서 가난이라는 개념 자체가 없지요."라는 답이 돌아왔다. 나는 그 말을 듣는 순간 점심때에 모신 '세상에서 가장 맛있는 밥'을 먹을 자격이 없었다는 생각이 들었다. 노인께서 굳이 오는 자들에게 밥 한 끼를 대접하는 이유를 비로소 알 수 있었다.

나는
미처
알지
못했다

몸 가르침 한 수

　　절에 있을 때 이야기다. 참 오래된 이야긴데 나는 대학 입시에 떨어지고 갈 곳이 없었다. 집에 있자니 부모님 보기도 민망하고 나가 돌아다니자니 어느 대학에 갔냐는 질문이 무서워 사람 만나는 것도 겁나고, 혼자 빈둥거리는 것도 하루 이틀이어서 작은 보따리 하나 들고 무작정 절로 들어갔다. 그 길로 거의 1년을 절집에서 살았는데 그해 여름의 일이었다.

　　그곳은 서래선림西來禪林이라는 비석이 입구에 서 있는 지장암地藏庵이라는 절이었는데 해안海眼 큰스님이 돌아가시고 사부대중의 발길이 끊기고 상좌들도 밖으로 나가 있어서 말 그대로 절간처럼 조용한 절이었다.

때는 한여름이라 녹음이 짙을 대로 짙어져 숲 그늘에 누워 잔잔한 바람에 책이라도 보고 있으면 저절로 달콤한 낮잠에 빠지곤 하던 시절이었다. 그 여름 어느 날 객승이 한 분 오셨는데 작달막한 키에 별 말이 없는 얼추 30대 후반이나 40대 초반으로 보이는 스님이었다. 대개 스님들은 객으로 묵을 때면 예의상 곧잘 예불도 드리곤 하는데, 그 스님은 아침 예불이건 저녁 예불이건 한 번도 불당에 오르는 일이 없고, 도통 방에만 틀어박혀 나올 줄을 몰랐다. 그렇다고 방에서 공부를 하거나 참선을 하는 것도 아니고 거의 종일토록 잠을 자거나 방에서 빈둥거리기만 하는 것이었다.

그러던 어느 날, 언제부턴가 그 스님은 일을 하기 시작했다. 하루 종일 한낮에도 쉬지 않고 해가 질 때까지 죽어라고 일만 하였다. 특별히 할 일이 없는데도, 이를테면 아랫마당에서 법당까지 놓여 있는 돌계단을 괜히 파헤쳐 놓고 다시 하나하나 계단을 맞추어 쌓는 그런 일이었다. 내가 볼 때는 아무런 문제가 없는 멀쩡한 돌계단을 부수고 쌓고 하는 것이었다. 그리고 여름에는 더우니 보통 이른 아침이나 저녁나절에 강한 햇살이 죽었을 때 일을 하는 법인데 이 스님은 태양이 이글거리기 시작하는 10시쯤에야 일을 시작하여 밖에 가만히 서 있어도 땀이 줄줄 흐르는 그런 뙤약볕에서 일을 하다가 해가 지

生을 버티게
하는 문장들

는 무렵이면 일을 끝냈다. 정말 온몸이 땀에 젖어 금방 물에 빠졌다 나온 사람처럼 젖은 채 하루 종일 일을 하였다. 이렇게 여러 날이 지났으나 스님은 매일매일 죽어라고 일만 했다.

그런 스님에게 나는 말 붙이기도 왠지 꺼려졌는데 하도 궁금해서 언젠가 '스님, 왜 스님은 예불은 안 모시고 일만 한답니까?' 하고 물었더니 스님은 별다른 표정도 없이 '나는 예불 드리는 거 몰라.'라며 마당으로 가서 또 괜한 돌계단을 허무는 것이었다. 진짜로 염불을 못하는 것인지 궁금했고, 염불도 못하면서 어떻게 스님이 되었는지도 궁금했다. 아니 무엇보다도 왜 그렇게 가장 더운 시간에 미친 듯이 일만 하는지가 가장 궁금했다. 그 스님은 나의 이 궁금증을 풀어주지 않고 언젠가 말도 없이 훌쩍 지장암을 떠나고 말았다.

나는 30년이 지난 지금, 가끔 그 스님이 생각난다. 아니 그는 30년이 지난 지금에 와서 나를 가르치고 있는 것 같다. 모든 일에 말만 앞세우고 말로만 해결하려 들며 몸은 까딱도 않는 나에게 말이 아닌 '몸'을 가르쳐준 스승이라는 생각이 든다. '말'보다는 '몸의 행위'가 얼마나 소중한 것인지를 강변하듯 그의 여름날 노동이 그의 수행법이었을 것이라는 생각이 든다. 그 수행은 말보다도 공부보다도, 온몸의 행위로 진실에

다가가야 한다는 것을 뼈저리게 느끼기 위한 것은 아니었나 싶다. 입만 벙긋하면 거짓말이 튀어나오는 거짓 덩어리의 이 몸뚱어리, 살아온 세월만큼 두꺼워진 위선의 몸집, 거짓으로 가득 찬 비만의 몸뚱어리에게 '진실'이 무엇인가를 이처럼 명쾌하게 가르쳐주는 스승은 아직 없었다.

사실 요즘 현대인들은 가급적이면 모든 일을 '앉아서' 처리하려고 한다. '몸으로 뛰는' 일은 하지 않으려 한다. 그리고 현대 과학기술문명과 컴퓨터 문화의 일반화로 사람들의 생활이 달라지고 삶이 달라져서 몸은 '움직이는' 것이 아니라 '치장'하는 것으로 인식하고 사는 것 같다. 몸 자체가 이미 하나의 상품이 되어버렸는지도 모른다. 사람들이 몸을 아름답게 가꾸려고 하는 것, 그 자체는 이해할 수는 있으나 그것의 궁극적인 지향은 결국 몸의 상품성을 높이는 것으로 귀착되는 듯하여 씁쓸하다. 요즘 세태를 보면 그렇다는 이야기다. 사실 인류의 역사가 자본주의의 역사로 넘어오면서 전 지구적 시장경제를 통해 지상의 모든 것은 이미 상품이 되어버렸으니 '몸'인들 그것에서 자유로울 수 있을 것인가. 그래서인지는 몰라도 요즘 부쩍 더 30년 전의 그 이름조차 기억이 안 나는 스님이 자주 내 앞에 나타나 어른거린다.

生을 버티게
하는 문장들

역보시逆布施

'보시'는 불교 용어지만 '역보시'라는 말이 있는지는 모르겠다. 보시라고 하면 우리는 일반적으로 타인에게 무엇인가를 베푸는 행위로 생각하고 있고, 그 무엇도 돈이나 밥이나 물건이나 주로 재물 같은 것만을 생각했는데 사실은 그 범위가 훨씬 넓은 것 같다. 부드럽고 편안한 눈빛으로 사람을 대하는 것(眼施)도 보시고, 공손하고 아름다운 말로 사람들을 대하는 것(言辭施)도 보시고, 다른 사람에게 자리를 양보하는 것(床座施)도, 사람을 방에 재워주는 것(房舍施)도 모두가 보시라고 하니, 입만 터지면 세상이 각박하니 험하니 하지만 어쩌면 그 각박한 사람, 험한 사람도 다 나름대로 순간순간 보시를 하며 살고 있는지도 모른다.

　나는 어린 시절 친구네 집에 놀러 가서 곧잘 자곤 했다. 초
등학교 시절은 시골에서 보냈는데 학교가 파하면 바로 친구
를 따라 십 리 길이나 되는 친구 집에 따라가 자곤 했다. 집에
서는 자주 그런 일이 있다 보니 안 오면 또 친구 집에 놀러 갔
거니 하고 찾지도 않았다. 친구 집에 가면 부모님들은 항상
부드럽고 편안한 눈빛으로(眼施) 대해주셨고 머리를 곱게 빗
어 따 내린 친구 누님은 홍시를 따주며(飮食施) 귀애해(和顏悅
色施) 주었다. 그리고 가장 따뜻한 아랫목에(床座施) 재워주었
으니(房舍施), 그때는 알 턱이 없었지만 친구 집에 가면 그 집
식구들은 모두가 나에게 거침없이 보시를 했던 것이다. 그러
고 보면 나는 얻어먹고 대접받고 아무것도 그들에게 보시하
지 않았지만 단 한 가지, 친구네 식구들이 나에게 보시를 하게
함으로 해서 그들 스스로 사랑하는 마음을 키우게 했으니 그
것 또한 보시가 아닐까 싶다.

　만약 역보시逆布施라는 말이 성립된다면 이런 경우에 해당되
지는 않을까. 사실 '탁발托鉢'에도 그런 의미가 담겨 있다고 한
다. 탁발은 승려가 마을을 다니면서 음식을 구걸하는 일이지
만 그 구걸을 통해 스스로 천해져서 자신을 낮추고 오만과 아

집을 버리며, 음식을 주는 상대방에게는 보시의 기회를 주고 공덕을 쌓게 하는 것이라 하니 그 구걸 행위가 참으로 대단한 것이라는 생각이 든다.

나는 어릴 때나 지금이나 보시를 하는 쪽이 아니라 보시를 하게 하는 쪽인 것 같다. 그리고 '현대인'이라는 요즘 사람들은 대체적으로 이 역보시逆布施에 해당하지 않는가 하는 생각을 해본다. 나는 지금도 무엇인가 주려는 마음보다는 공짜로 얻으려는 마음, 가장 적게 투자해서 가장 많은 이익을 남기려는 마음, 남에게 피해를 주지 않는 범위에서라면 욕심을 제법 부려도 괜찮다는 생각을 하며 살고 있다는 것이 그렇다. 언제부턴지 나도 모르게 이 자본의 세월을 건너가기 위한 옷으로 갈아입은 모습이 너무도 자연스러우며 잘 어울린다는 생각을 하고 있는 것이다. 우리들의 1960년대 초상화와 2000년대 현대인의 초상화가 이렇게 다르다. 이기적이고 편의적이며 개인주의로 관계적 삶의 고리를 끊고 스스로 개별화된 현대인의 초상화를 아무런 문제의식 없이 그냥 받아들이며 또 그렇게 정신없이 살고 있는 것이다.

지금 내가 살고 있는 곳에서는 눈에 잘 띄지 않지만 어쩌다 서울에라도 올라가면 지하철을 타고 이동하는 시간이 많은데 그때마다 지하도 입구에서 구걸하는 사람들을 보게 된다. 처음에는 무척 당황스러웠다. 바쁜 사람들의 무리에 섞여 그냥 지나치고 나서도 마음 한구석에는 그 걸인이 남아 마음을 불편하게 하는 것이다. 그러면 스스로 위안하기를 그런 사람이 한두 명도 아닌데 뭐. 그들은 게을러서 스스로 그런 삶을 자초한 것인데 뭐. 내가 한 푼 주었다고 그 인생이 달라지는 것도 아닌데 뭐. 그러면서 억지로 불편한 마음을 달래곤 했었다.

하지만 지금 생각하면 한 가지 분명한 것은 나에게 보시의 마음이 없었다는 것이다. 사랑하는 마음, 자비의 마음이 없었다는 것이다. 그리고 그 걸인이 나에게 조건 없이 사랑하는 법을 배우라고, 어떤 이유에 근거하지 않고 자비의 마음을 불쑥 내는 것을 배우라고 권유하는 것을 나는 거부했던 것이다. 사실 그는 지금의 나처럼 역보시逆布施를 하고 있던 것과 같은데, 나는 그 지하도 입구의 걸인과 다를 바 하나 없는 존재라는 것을 미처 알지 못했던 것이다. 구걸하는 자나 그에게 보시하지 않은 나나 본질적으로는 하나도 다를 것 없다는 것을 나는 미처 알지 못했던 것이다.

生을 버티게
하는 문장들

절망의 우물에서
건져낸 시

아버지의 무박 2일-유년 시절

둘째 누나는 눈도 뜨지 않고 징징거리는 나를 끌다시피 냇가로 데리고 갔다. 일곱 살짜리 코흘리개의 목에는 하얀 수건 한 장이 걸쳐 있고 누나의 억센 손에 끌려 삐뚤빼뚤 억지 걸음을 걸었다. 문이랄 것도 없는 뒷문을 나서 방천으로 내려가면 바로 섬진강의 지류 중 하나로 마을 바로 옆을 지나가는 갈담천이 있다. 우리 일곱 명의 형제자매들은 시간차가 조금 다르기는 했지만 모두 이곳에서 아침 세수를 했다. 살짝 안개가 낀 아침, 냇가로 가는 길가엔 유독 나팔꽃이 많이 피어 있었다.

냇가에 쪼그리고 앉아 흐르는 물을 바라보면 물에서 김이 모락모락 올라왔다. 마을을 포근하게 감싸고 있는 안개들은 모두 냇가의 물들이 뿜어 올린 것 같았다. 내가 물가에 쪼그리고 앉아 멍하니 앞산을 바라보고 있으면 누나는 내 조막만 한 얼굴을 쓱쓱 문질러주고 수건으로 닦아주었다. 돌아오는 길에 누나가 나팔꽃을 꺾어줄 즈음에야 나는 잠에서 완전히 깨어났다.

그래도 이런 날은 운이 좋은 날이다. 누나의 손목에 붙잡히는 것은 아버지의 손목에 붙들리는 것에 비하면 천당과 지옥의 차이였다. 아버지는 아침 일이 많으셨지만 어떤 날은 한 손엔 내 손을 잡고 한 손엔 돼지에게 줄 구정물(음식 찌꺼기가 섞인 물) 한 수대를 들고 텃밭으로 가곤 했다. 아버지는 텃밭 일을 하시면서 반드시 나에게도 일을 주셨다. 돌멩이를 주워 버리는 일이나 풀을 뽑는 일이나 내가 할 수 있는 일을 꼭 시켰다. 그것도 모자라 밭 주변에 심어져 있는 나무들의 이름을 일본어로 외우게 했다. 저 나무는 각기노끼(감나무), 이 나무는 OO노끼 하면서 알려주고 물어봐서 대답을 못하면 그 우악스런 손으로 사정없이 군밤을 먹이곤 했다. 감나무가 많았던지 지금도 생각나는 것은 각기노끼(감나무)뿐이다. 아버지는 일제강점기에 국민학교를 잠깐 다닌 것이 학력의 전부였

生을 버티게
하는 문장들

다. 그래서 그런지 향학열이 높았고 신문도 처음부터 끝까지 꼼꼼히 다 읽으시는 분이었다.

아버지에 대한 기억으로는 자전거로부터 온다. 내가 고향에서 어렸을 때 본 자전거는 세 가지 종류였다. 하나는 옆 마을에서 출퇴근하는 국민학교 황 선생님이 타고 다니던 자전거였는데 안장 뒤에는 손수건으로 싼 도시락과 몇 권의 책이 항상 묶여 있는 신사 자전거였다. 퇴근하며 울퉁불퉁한 신작로를 달릴 때면 빈 도시락의 딸그락거리는 소리조차 멋있는 날씬한 자전거였다. 그리고 또 하나는 주장집 술 배달꾼 춘풍이네 아버지가 타고 다니는 짐바리였다. 춘풍이네 아버지는 동네 사람들이 동네개라고 불렀는데 얼굴에 큰 땀구멍이 숭숭 나고 불그스름한 코에 아침인데도 늘 술 냄새를 풍겼다. 하지만 짐바리 자전거에 한 말짜리 술통을 예닐곱 개씩이나 매달고 종일토록 인근 동네까지 돌아다녀 모두들 근동에서는 가장 자전거를 잘 타는 사람이라고 말했다. 마지막 하나는 조합장 아들이 타고 다니던 세발자전거인데 그 빨간 세발자전거는 동네의 크고 작은 모든 아이들을 꼼짝 못하게 하는 위력을 가지고 있었다.

하지만 내 기억 속에 가장 깊게 각인되어 있는 자전거는 아버지의 삐거덕거리는 낡은 자전거다. 아버지는 만주와 베이징, 그리고 함흥 근처 어디를 떠돌다 삼팔선이 굳어질 즈음에 어머니의 동네에 정착했다는데 어찌어찌해서 낡을 대로 낡은 자전거 한 대를 갖게 되었다. 그리고 그 자전거는 아버지를 만나면서 더 삐거덕거렸다. 어머니의 말을 옮기면 아버지는 새벽밥을 먹자마자 바로 짐자전거를 타고 나갔다고 한다. 임실을 거쳐 남원을 지나 아버지의 외가가 있는 운봉까지 가면 한나절이 훌쩍 지나 늦은 점심때가 되었고 돼지 새끼 대여섯 마리를 사서 짐바리 자전거에 실으면 해가 기울기 전에 출발할 수 있었다고 한다. 새끼 돼지들과 함께 밤새도록 아무도 없는 산길의 신작로를 달리다 보면 남원 어디쯤이 나오고 선잠을 깬 노인네가 길가에 나와 오줌을 싸며 지금이 몇 시인지나 알고 이 밤중에 다니느냐며 말을 걸었단다. 머리에 하얗게 서리를 이고 집에 오면 아직 여명의 새벽이었는데 도착한 즉시 잠잘 틈도 없이 고봉밥 한 그릇 먹고 다시 정읍 태인 장까지 이내 달렸단다. 태인장에 가서 그 돼지를 다 팔면 새끼 돼지 한 마리 정도의 이문을 남길 수 있었는데 어머니는 저 양반이 되야지 한 마리 생기는 맛에 잠 한 소금도 안 자고 이틀 동안 자전거만 타고 댕긴다고 하면서도 한 번도 말린 적이 없었단다.

7남매를 낳을 때까지 그렇게 번 돈으로 아버지는 신작로 가에 조그만 가게를 내고 아들이 셋이니 별이 셋이라며 삼성상회라는 그럴듯한 간판을 달았는데 동네에서 함석으로 만든 간판을 단 점방은 우리 집이 처음이었다고 한다.

잠도 없이 이틀을 꼬박 달려야 했던 자전거와 아버지의 세월, 나는 지금도 가끔 그 세월을 생각한다. 삐거덕거리는 자전거와 길가에 버려진 단잠이 우리 일곱 형제를 키웠고 아버지의 병을 키웠다. 아버지는 돈이 아까워 술 한 잔, 담배 한 모금도 하지 않았건만 훗날 간경화로 세상을 버렸다.

나는 그런 아버지 덕분에 당시 국민학교라고 불렸던 초딩 시절을 저학년(1~3년)은 시골에서 고학년(4~6년)은 도시에서 보냈다. 아버지는 나를 명문 중학교에 보내기 위해 무리하면서도 4학년 때 전주시로 전학시켰다. 도시로 간 후 나는 고립된 섬이 되었다. 초등학교 졸업할 때까지 3년간은 누나와 자취생활을 했지만 나중에는 누나마저 졸업을 하고 시골로 내려갔다. 중학생이 된 이후는 줄곧 이 집 저 집 하숙생으로 떠돌았다. 초딩 시절 나는 길 잃은 어린 고라니처럼 도시의 숲을 여기저기 떠돌았다. 나는 말 그대로 자유, 아무도 상관하지 않는 자유방임이었고 방치되어 있었고 사실은 외로웠다. 지금

이니까 외로움이라고 말하지 그때는 그게 외로운 건지 뭔지
도 몰랐다. 그냥 혼자서 시간을 보내며 무료한지도 뭔지도 모
르고 시내를 걸어 다녔고 다리가 아프면 길가에 앉아 쉬었고
무언가 구경거리가 있으면 걸음을 멈추고 마냥 구경했다. 그
러다 배가 고프면 집에 와서 누나가 해놓은 식은 밥을 혼자서
차려 먹었다. 그렇게 초딩 시절을 보내면서 나는 혼자 있는 것
에 익숙해졌다. 그래서 그런지 어른이 된 지금도 나는 혼자 있
는 것이 편하다.

『글내(詩川)』 동인지-고교시절

중학교에 진학하면서 달라진 것은 학교에 근사한 도서관이
있다는 것이었다. 지금도 그렇지만 당시 중고등학교에 3층짜
리 학교 도서관 건물이 따로 있고 전문 사서교사가 있는 곳은
전국적으로도 거의 없었을 것이다. 내가 진학한 학교는 전주
북중학교였는데(지금은 없어졌다) 전주고등학교와 한 울타리
안에 있었으며 도서관도 같이 사용하였다. 도서실 건물 1층은
신문들과 신간 잡지들을 열람할 수 있었고 2층은 책들이 가
득해서 언제든 볼 수 있었으며 3층은 공부하는 곳이었다. 1학

生을 버티게
        하는 문장들

년 때 나는 주로 2층에서 동화책을 읽었다. 우리나라는 물론 중국, 일본, 인도, 러시아, 덴마크, 프랑스, 노르웨이, 미국, 칠레 등 아시아와 유럽, 그리고 아메리카를 망라하는 그야말로 세계 모든 나라의 동화가 시리즈로 엮어져 엄청나게 많았던 것 같다. 나는 1학년 동안은 거의 초딩 수준의 동화책에서 벗어나지 못했던 것 같다. 집에 가봐야 지금처럼 텔레비전이나 컴퓨터가 있는 것도 아니어서 혼자 사는 나에게 도서관은 정말 고마운 놀이터였다. 중2부터 비로소 외국의 번안소설들이나 삼국지, 수호지 등을 읽기 시작했다.

내 인생에 문학은 의도하지 않은 일상의 사건으로 왔다. 문학이 나에게 온 것은 고등학교 1학년 때였다. 당시에는 개교기념일을 전후로 학교를 개방하는 행사들이 있었는데 그때 시화전이 있었다. 나는 그때만 해도 시나 문학에는 전혀 관심이 없었는데 중학교 때부터 늘 같이 붙어 다니던 친구가 시화전에 같이 시를 내자고 하였다. 친구 따라 강남 간다고 그때 친구들끼리는 어떤 일이든 가리지 않고 누가 하자면 바로 같이 하던 때였다. 나는 낑낑대며 시화전에 응모할 시 한 편을 써서 응모했는데 당시 시인이면서 국어를 가르치시던 선생님께서 나를 교무실로 오라고 했다. 당시는 무슨 특별한 일이 아니면 교무실에 불려 가지 않았다. 나는 무척 긴장하여 선생님께 갔는데(그 선생님은 2015년에 작고하신 최형 시인이시다) 뜻밖에 선생님께서는 '박군, 자네는 시를 쓰면 잘 쓰겠어. 감성이 아주 좋아' 하시는 것이었다. 칭찬이 매우 귀했던 그 시절에 교무실로 직접 오라고 해서 들은 각별한 칭찬 때문에 나는 그날 집에 돌아와 내 생애 최초의 시였을 그 시를 아마 10번도 더 읽고 또 읽어보고 했을 것이다.

  시화전은 교문을 들어서면서부터 중앙 건물 현관까지 운동장 옆으로 한 100미터 정도의 진입로에 있는 아름드리의 히말라야시다 나무들 아래 전시되었다. 그 시화는 선생님들이나 학생들이 등하교할 때마다 읽어보곤 하였다. 그때 어느 날 시화전을 같이 하자고 제안했던 친구가 새로운 소식을 가지고 왔다. 시화전에 참가했던 학생들 몇몇이 모여 시동인을 만들려고 한다는 것이었다. 나는 '동인'이 무엇인지도 잘 몰랐고 다만 국어시간에 '백조' 동인이며 '폐허', '창조' 등의 동인지가 있다는 말을 들었을 뿐이었다. 그리고 그것은 일제시대에나 있었던 옛날 일이라고만 생각하고 있었다. 어쨌든 친구 녀석을 따라 가보니 한 대여섯 명이 모여 있었던 것 같다. 우리는 『글내(詩川)』라는 시동인을 결성하였다. 당시 리더 격인 이병

生을 버티게
       하는 문장들

천이 자기 동네 이름 '시천詩川'을 따서 지은 것이지만 매우 신선했고 우리의 활동 또한 매우 신선(?)했다.

　그때 나는 시를 교과서에서만(당시 교과서 시는 모두 일제 강점기의 시인들뿐이었다) 접했지 현재 활동하고 있는 기성시인들의 시는 전혀 모르고 있었다. 그런데 친구들은 이미 현재 문단에서 활동하는 기성시인들의 시집을 읽으며 습작을 하고 있었다. 그리고 동서양의 고전들을 섭렵해나가는 중이었고 그들의 기성시인들을 흉내 낸 시들을 보면 나는 그야말로 젖비린내 나는 동시(?) 수준의 시를 쓰는 편이었다. 우리는 도내에 있는 백일장을 다니며 장원을 휩쓸었지만 나는 한 번도 장원을 하지 못했다. 그 당시에는 장원을 하면 우승컵 같은 것을 주었는데 우리 동인들은 그 우승컵을 가지고 한별당(전주천 근처의 식당가)의 식당 구석진 방에서 그 장원컵에 막걸리를 따라 마시며 돌리곤 했다. 기성문인들을 흉내 내며 술에 취하고 기행(?)들을 저지르고 설익은 성인시를 쓰며 한껏 센티멘털한 동인시절을 보냈다. 나는 친구들에 대한 문학적 열등감 같은 것이 있어서 학교 공부는 작파하고 당시 기성 문인들이 펴낸 문학 서적을 읽으며 습작에 전념했다. 나는 3학년 때에야 겨우 친구들 수준에 이를 수 있었는데 그것도 친구들이 대학 진학에 힘쓰고 있을 때 나는 죽어라고 문학만(?) 했기 때문이었다. 어쨌든 우리는 『글내(詩川)』 동인지를 2권 만들고 졸업했다. 3학년 때는 후배들 몇 명을 동인으로 맞이했는데 우리가 졸업하고 나서 몇 년 후에 『글내(詩川)』 동인지는 바로 없어진 것으로 기억한다. 물론 나는 대학에 실패했고 재수생활에 들어갔다.

외롭고 그립고 막막했던 시절에 만난 자유로운 영혼

1974년에서 75년으로 이어지는 겨울, 스무 살의 혹독한 절망이 3일간의 폭설로 내렸다. 고등학교 시절 치기 어린 문학 동인 〈글내〉 활동으로 대학 진학에 실패하고 친구들도 제각기 길을 따라 뿔뿔이 흩어지자 나는 어디로든 떠나지 않으면 미쳐버릴 것 같았다. 내가 찾아간 내소사는 나를 맞이할 준비가 하나도 되어 있지 않았다. 어떻게 겨우 곰소항까지는 차편으로 닿을 수 있었으나 곰소에서 내소사까지 6킬로미터 정도의 눈길은 두 다리로 해결할 수밖에 없었다. 버스마저 단절된 도로는 제 맘껏 눈을 쌓고 있었다. 잿빛 우울한 시간으로 눈이 내리고 나는 정적의 한가운데를 혼자서 걸었다. 세상은 고장 난 전화벨처럼 나에게 어떤 신호음도 주지 않았다. 간경화로 누워 있는 아버지도, 분주하게 잰걸음을 하고 있을 어머니도, 눈길을 걷는 나도, 누군가를 떠올릴 겨를도 없이 스스로에게만 몰두하기에도 부족한 시간들이었다. 축축하게 젖어오는 신발을 끌며 아무런 생각도 없이 어서 내소사에 도착하기만을 바랐다.

그곳엔 누군가가 기다리고 있고 무엇인가가 있을 것만 같았다. 눈발이 잦아든 저녁 무렵 나는 내소사 입구의 전나무 숲에 몸을 부렸다. 기진한 몸을 눈밭에 쓰러뜨리니 하늘을 찌르는 전나무들이 눈에 들어왔다. 사방천지의 눈을 뚫고 하늘로 솟구치는 푸른 전나무들과 그 사이를 건너다니는 굴뚝새를 보며 절망에 촉촉이 젖은 무거운 몸을 일으켜 내소사로 걸어 들어갔다.

내소사에서 하루하루의 시간은 모두가 절망이 내면화되는 시간이었다. 나는 내소사에서 재수를 하기로 마음먹었다. 재수학원 다니러 서울로 올라간 친구들이 없지 않았지만 돈 나올 곳 없는 놈이 무슨 서울, 저렴하게 밥 먹고 잘 만한 곳으로는 절집만 한 곳이 없었다. 재수 계획을 세우며 이미 서울로 진학한 친구들에 뒤질 수는 없다는 생각으로 1년 동안 재수

공부를 하면서도 책을 100권 읽기로 했다. 올 한 해 이런저런 시간을 제외하면 열 달 정도는 독서를 할 수 있을 것이고 한 달에 10권이니 1주일에 2권 이상 읽으면 되고 한 권에 5시간 정도 소요된다 하고 1주일에 10시간, 그러니까 168시간 중에 10시간이니 그 정도는 독서에 시간을 할애해도 충분할 거라는 계산이 나왔다. 그리고 돈도 시간도 부족하니 그 당시 학생들에게 인기 좋았던 값싼 문고본을 읽기로 했다. 을유문고나 삼중당문고 등은 저렴했고 부피도 적었고 소설, 시 등 문학이나 역사, 철학, 예술 등을 망라하고 있었으며 국내나 세계적 고전들을 엮어서 만든 손아귀에 꼭 들어오는 작은 책들이었다. 지금 생각해도 적절한 선택이었다.

그때 읽었던 책들 중에 가장 오랫동안 나를 붙잡아두었던 책은 헤르만 헤세의 『크눌프』였던 것 같다. 그 당시 치기 어린 절망과는 또 다른 막연한 그리움의 일상으로 진입하게 된 것도 『크눌프』의 영향이 컸다고 본다. 어린 날의 아픈 사랑을 계기로 일생을 떠돌게 된 방랑자 크눌프를 보며 안개 속의 막연함 같은 '자유로운 영혼'을 느끼지 않았나 싶다. 안주하며 사는 자들을 만나고 다니며 늘 자유에 대한 그리움을 조금씩 일깨워주던 방랑자 크눌프, 지금의 우리처럼 편리한 도시에 정착해 살면서도 끝내 만족하지 못하고 사는 사람들의 내면 어딘가에는 크눌프의 영혼이 잠재해 있을 거라는 생각이다. 당시에는 '자유로운 영혼'이라는 의미가 무엇인지도 제대로 알지 못했겠지만 나는 그 즈음 대학을 가고 취직을 하는 미래에 대한 그림을 강하게 쥐고 있지는 않았던 것 같다. 공부보다는 책 읽는 것이 더 재미있었고 책 읽는 것보다는 버스 종점의 마을로 내려와 하루 종일 버스를 기다리거나(기다릴 사람은 없었고 그냥) 주변의 산들을 오르내리는 데에 더 많은 시간을 할애했으니 말이다. 말하자면 외로웠고 그리웠고 막막했던 것이리라. 그 즈음 내 젊은 영혼의 어느 구석에 들어온 크눌프가 사랑하는 여인들에게 불었던 그 섬세한 가락의 휘파람을 불고 있었는지도 모르겠다.

짧은 한 세상을 살면서도 계획대로 되는 인생이 어디 있던가. 몸이 나른해지기 시작하는 여름 무렵이 되어 나는 내소사 전나무 숲 안쪽에 있는 지장암으로 거처를 옮기면서 마음은 온통 예쁜 비구니 스님에게 가 있었다. 스무 살 청춘의 눈에 그녀는 성녀처럼 범접할 수 없는 아름다움을 가지고 있었다. 당시 하루해가 뜨는 것은 오로지 그녀를 보기 위한 것일 뿐이었다. 늘 늦잠을 자던 나는 개과천선하여 아침 예불을 같이 드렸고 참선에도 참여하는 등 함께 있을 수 있는 시간은 모두 함께 있기 위해 노력했다. 전나무 숲에 달이 걸리는 날이면 술 한 잔 하고 올라와 법당을 돌며 불이 꺼질 때까지 스님 방 근처를 맴돌다 돌아왔고 밤새도록 수십 편의 시를 쓰곤 했다. 그리고 스님과 좀 수준 높은 대화를 하기 위해서(그때 말로 쪽팔리지 않으려고) 해안 스님이 풀어 쓰신 『금강경』도 읽고 절에서 발간한 이런저런 책도 보긴 했는데 역시 불경은 잘 읽히지 않아서 문고본으로 구입한 소설 『싯다르타』를 읽게 되었다. 당시 이상하게도 헤세의 소설들이 나에게는 가장 잘 읽혔고 그의 소설은 거의 다 읽었던 것 같다. 그런데 어렴풋하지만 그때 나는 헤세를 통해 분명히 어떤 화살 하나를 가슴에 맞았던 것 같다. 스님도 스님이지만 헤세는 아무것도 모르는 내 어린 영혼을 손잡고 수많은 껍질로 덧씌워져 있는 세상과 세상의 절망과 절망 뒤의 진리나 자유 같은 순수 영역을 소풍 가듯 데리고 다니며 구경시키지 않았나 하는 생각을 한다.

나는 지금도 10개월 정도의 지장암 세월이 내 청춘의 절반을 차지하고 있다고 생각한다. 물론 이듬해 대학에 진학하긴 했으나 지방의 야간대학을 가게 되었다. 어려운 가정형편

生을 버티게
하는 문장들

을 앞세워 주경야독을 택했다고 했으나 사실은 순전히 지장암 세월 10개월의 현실적 결과였다. 그래도 나는 재수하는 동안 어쨌든 100권의 책을 채워 읽었으며 부치지 않는 편지와 혼자만 읽고 버려야 할 시를 수도 없이 썼다. 지금 생각해보니 절망의 끝을 잠시 보았던 그 시절,『크눌프』를 포함한 100권의 책과 매일 밤 썼던 편지와 시와 그 막연한 그리움은 시인의 삶으로 진입하기 위한 한차례의 심한 홍역이었으리라. 나는 그 후로도 오랫동안 좌충우돌의 문청시절을 보냈으며 그런 '방황하는 영혼'으로 살면서도 은근히 믿는 구석이 있었다면 헤세 소설의 주인공들이었다. 나의 방황은 그들의 고뇌에 비하면 한참이나 양반 축에 들었기 때문이다.

흔들리는 땅-대학시절

그렇게 나는 지방대학의 국어교육과를 다녔고『글내(詩川)』동인들이나 친구들은 모두 서울에서 대학생활을 하고 있었다. 그리고 그해에 아버지가 간경화로 돌아가셨고 나는 등록금을 내기도 어려웠다. 학교를 못 다니면 안 다닌다는 생각으로 나는 3수한다는 친구와 어울리며 매일 술만 먹고 다녔다. 나의 대학시절은 세상의 모든 절망이 번갯불처럼 선명하게 나만을 표적 삼아 찍어 내리고 있다는 생각을 떨치지 못하고 살던 시절이었다. 내 생의 가장 거센 에너지가 내 몸을 관류하고 있던 시절이었고 아버지가 수년째 간경화로 투병하시다 돌아가시고 형은 두세 차례 이런저런 사업에 실패한 후 외지로 떠돌던 때라 나는 시내버스 차비를 걱정하며 하루를 시작하곤 했다. 집에 들어가야 별 낙이 없던 때여서 한 달이면 20일 정도를 친구들이나 선후배의 집, 자취방, 하숙집까지 전전하여 외박을 하고 다녔다. 필요하면 양말은 물론이고 팬티까지 그날 자는 집에서 해결하였고, 누가 되었건 같이만 있다면 나의 존재는 늘 그에 딸린 덤으로 처리되었다.

하지만 방학이 되면 사정이 좀 달랐다. 학기 등록을 위한 아르바이트를 했는데 3학년 여름방학 때는 제법 큰 건수가 하나 생겼다. 친구 아버지가 운영하는 110톤급 안강망 어선을 타게 된 것이다. 중국 앞바다 동지나해까지 나가서 조기와 갈치를 잡는 배였는데 친구 놈 말로는 만선만 하게 되면 순수한 내 몫으로 삼사십만 원 정도는 떨어질 것이라고 했다. 중학생 가르치고 한 달에 3만 원 받을 때니까 그 정도면 한 학기 등록금을 내고도 몇만 원이 남는 큰돈이어서 이건 죽기 살기로 반드시 타야만 하는 거였다. 내친 김에 군산에 있는 친구 집에 가서 자고 이튿날 친구 아버님께 배를 태워 달라고 졸랐다. 아버님은 만약 먼 바다에 나가 멀미라도 심하게 하게 되면 죽게 되는 경우도 있어서 헬기까지 대절해야 하는 사태가 생기기도 하니 절대 안 된다는 거였다. 나는 친구 집에서 사오일 정도를 더 묵으며 기어이 허락을 받아내었다.

장항 제련소의 굴뚝이 성냥골만큼이나 작아지는 것을 보며 나는 군산항을 떠났다. 파도가 부서지는 뱃전에서 담배 연기를 흩날리는 기분은 말할 수 없이 좋았다. 무엇보다도 음습한 도시의 그 절망감으로부터 벗어났다는 사실이 믿어지지 않을 정도로 좋았고 한번에 돈 문제가 해결되니 좋았고 내가 머물던 도시로부터 멀리 벗어나면 벗어날수록 뭔지 새로운 세상이 열릴 것만 같아서 약간의 흥분마저 일었다. 배는 먼 바다로 가기 전 일단 흑산도에 들러 모든 어구를 재점검하고 조업하는 동안 내내 먹을 흑돼지 한 마리를 잡아 얼음 창고에 넣었다. 그때 처음으로 보았던 흑산도 앞바다 자갈밭에 물 부딪는 소리와 까마득한 절벽을 건너뛰던 산양의 모습은 지금도 선명하게 남아 있다.

배에는 열 두서너 명 정도가 타지 않았나 싶은데 나는 하장

조수라는 직분으로 승선했다. 배에는 장이 셋인데 선장, 기관장, 하장이 그것이다. 하장은 선원들의 먹을거리를 책임지는 사람이었는데 나는 말하자면 주방장 보조였던 셈이다. 하지만 일은 많았다. 어군 탐지기에 고기떼가 발견되어 한번 조업하기 시작하면 일이 마무리 될 때까지는 모두가 이틀이고 사흘이고 간에 날밤을 꼬박 세워 가면서도 작업을 끝내야만 쉴 수 있었다. 고기떼를 좇아서 그물을 치고 두르고 올리고 하여 갑판 위에 가득 고기를 쌓으면 선원들은 달라들어 조기와 갈치만을 골라 상품, 중품, 하품으로 분류하여 어창에 넣고 나면 갑판엔 다른 어종이라는 이유 하나만으로 버려져야 할 고기가 반절도 넘은 성싶었다.

그 고기들을 바다에 버리는 일이 내 몫이었다. 내가 하장 조수니 그 고기 중에서 반찬을 할 고기들을 골라내며 버려야 한다는 것이 그 이유였다. 아직도 펄쩍펄쩍 뛰는 멀쩡한 고기들을 삽으로 퍼서 버리자니 너무나 아까웠지만 하장의 명령이 떨어지면 새우면 새우, 꽃게면 꽃게, 몇 종의 고기 얼마큼만 골라내고 모두를 말끔히 바다에 버려야만 했다. 허리가 휘는 듯한 삽질을 반나절 가까이 하고 나면, 나는 그대로 고꾸라져 갑판에 벌렁 누울 수밖에 없었다. 바다에 버려진 고기들을 먹

生을 버티게
하는 문장들

기 위해 모여든 갈매기 떼로 새까맣게 뒤덮인 하늘을 보며 나는 도시에 두고 온 나의 절망을 떠올렸다.

　배를 타는 도중 많은 애로 사항 중 순전히 동물적인 애로 사항 하나만 말하자면 우선은 화장실이 문제였다. 선원에게 화장실을 물어보니 갑판의 배 뒤꽁무니를 가리키는 것이 아닌가. 설마 거기서 어떻게 그냥 해보라는 것은 아니겠지 하며 가보니 배의 꽁무니 밖 허공에 삐죽 나온, 꼭 두 발을 디딜 만큼의 아슬아슬한 발판이 바다 위에 있는 게 아닌가. 그러니까 볼 일을 보려면 배 밖의 발판을 밟고 뒷전에 만들어 놓은 손잡이를 붙들고 있어야 하는 것이었다. 물론 나를 우울하게 했던 뱃속의 것들은 곧바로 바다로 떨어지는 것이었는데 그건 떨어지기보다는 한참을 허공에 날리다가 바닷물에 빠지는 것이었다. 그나마도 엉덩이를 까고 배 꽁무니에 매달려 어느 정도 적응이 된 다음의 일이었다. 나중에는 하늘의 그렁그렁한 별들을 가득 이고 선선한 밤바람에 적절한 파도를 타며 흔들리는 배 꽁무니에서의 이 호젓한 배설의 시간은 나에게 각별한 즐거움을 주기도 했으나 비바람이 몰아치고 롤링과 피칭이 심한 날은 실로 목숨을 건 한판 승부라고나 해야 될 일이었다.

여러 우여곡절이 있기는 했으나 어쨌거나 나는 귀항 일에 맞추어 무사히 돌아올 수 있었다. 나의 도시는 여름방학이 거의 끝나가고 있었고 친구 놈들은 일확천금하고 돌아올 나를 손꼽아 기다리고 있었다. 하지만 그때 조업은 조기와 갈치를 어창에 다 채우지 못하고 비어 있는 배의 어창엔 어쩔 수 없이 돌아오는 길에 쥐포 만드는 고기('쥐치'라고 하는 값싼 고기)만 잔뜩 채워 왔다. 따라서 배당금은 예상보다 터무니없이 줄어 내가 꿈꾸었던 등록금은 날아가고 나에게는 겨우 칠만 오천 원과 조기 한 상자가 떨어질 뿐이었다. 하지만 이 어처구니없는 실망감보다 더 괴로운 것은 또다시 동물적인 애로 사항이었다. 배를 내리기 전에 선장이 지나는 말처럼 피식 던진 말이 있었다. '야 임마, 너 고생 많이 했는데 배에서 내리면 땅이 움직일 거다. 하루만 더 고생해라.'라고 했는데 진짜로 땅이 움직이는 것이었다. 한 걸음 내딛을 때마다 배가 출렁이는 것처럼 땅이 출렁출렁 움직이는 거였다. 내 걸음은 다리가 하나 짧은 것처럼 헛디딜 듯 말 듯 땅은 출렁, 출렁거렸다. 한 순간도 쉬지 않고 흔들리며 보내야 했던 그 시절, 그 하루도 어김없이 흔들리고 있었다.

生을 버티게
하는 문장들

에필로그

나는 많은 과목의 학점을 빵꾸(?) 내고 군대에 갈 때까지 고스란히 젊음을 탕진했다. 아니 그 말은 부적절하다. 내 안의 모든 절망을 퍼 올렸다고 해야 할 것이다. 그리고 그 시절, 시 한 편 제대로 쓰지 않았으나 그 시절 자체는 지금도 내 문학의 본류를 이루는 중요한 물줄기의 하나라고 생각한다. 나의 문학은 군대를 제대하고 3학년에 복학하여 문학 서클을 조직하여 활동하면서 본격적으로 시작되었고 졸업 후 군부독재 정권의 폭압으로 문예지들이 수난을 당할 때 각 지역의 시인들은 시대의 변혁운동에 동참하고 스스로의 작품을 발표할 공간을 위해 동인을 결성하였다. 그 무렵, 전북에서도 젊은 시인들이 모여 동인을 구성하였다. 백학기, 정인섭, 이병천, 박남준, 박배엽, 최동현, 박두규, 이렇게 일곱 명이 모여 동인 결성을 하였고 1985년 처음으로 동인지『남민시南民詩』를 발간하였다. 나의 문학은 이렇게 처음으로 세상에 나왔다. 참으로 어둡고 암울했던 시절이었다.

가난한 시인의 사회

　　몇 해 전, 한 시인의 죽음을 두고 많은 시인들은 '한 시대의 퇴장'이라는 말을 했다. 그는 충분히 그럴 만한 상징성이 있는 시인이었다. 1980년대 벽두에 처음으로 노동자 문학이라는 영역을 일궈내는 데 중요한 역할을 했고 또 문단에서 비중 있는 중견시인으로서 문학적 성과도 있었다. 그렇다고 그가 이념적이고 정치사회적인 시만을 쓰며 투사적 삶을 산 사람은 아니다. 오히려 서정성 짙은 본류의 문학을 했고 그런 성과를 이룬 많은 시들이 그것을 말해준다. 하지만 그랬대서 그의 죽음을 '한 시대의 퇴장'이라고 한 것은 아니었다. 그의 죽음을 '한 시대의 퇴장'이라고 말한 것은 순전히 그의 일상적 삶이 가졌던 상징성 때문이다.

그는 부안군 변산 출신이며 전주고 1년을 마치고 중퇴한 '박영근'이라는 시인인데 그의 일상은 여느 현대인의 일상과는 너무나 달랐다. 일반인의 눈으로 보면 한마디로 대책 없는 사람이었고 그를 이해하는 시인들의 눈으로 보면 이 시대의 형벌을 대속하는 자와도 같았다. 이 시대의 가장 큰 형벌이자 사람들이 가장 두려워하는 벌은 무엇일까? 그것은 죽음도 아니고 바로 가난이다. 현대의 가난은 단순히 물질적인 문제만이 아니라 굴욕적인 것이며 비속해지는 것이며 비굴해지는 것이고 인간으로서의 지위를 잃는 것이기도 하다. 그러니 가난하느니 차라리 죽음을 택하겠다는 사람들이 바로 현대인들이다. 물론 모두가 그렇다는 것은 아니다. 우리 사회와 일상의 삶이 그렇게 구조화되어가고 있다는 것이다.

시인 박영근은 그 가난의 중심에 있었다. 그리고 자본을 최고의 가치로 두는 현대라는 괴물에 저항하며 온몸으로 싸우던 전사였다. 무슨 사상과 조직을 가지고 기획된 싸움을 진행했다는 이야기는 아니고 그의 일상생활이 그랬다는 것이다. 적어도 그는 돈에 구속되어 있지 않았고 어쩌면 자유로웠다고 말해도 좋을 것이다. 적어도 그에게 가난은 두려움으로 존재하지는 않았던 것이다.

　하나 예를 들면 이런 것이다. 언젠가 나는 밖에서 행사를 하고 술 한 잔 후에 집에 12시를 넘겨 들어갔었다. 그런데 파출소에서 전화가 왔는데 급히 출두해달라는 것이었다. 박영근이라는 사람 때문이라는 것이었다. 서울에 있어야 할 그가 왜 이 한밤중에 순천의 파출소에 있는 것일까. 나는 급히 파출소로 갔다. 그는 술 한 잔을 하다가 무슨 이야기 끝에 내 이야기가 나왔고 내가 보고 싶었다는 것이다(그는 나의 고등학교 2년 후배다). 그게 전부였다. 그래서 그 길로 바로 택시를 타고 전남 순천까지 왔던 것이다. 물론 그의 주머니에는 최근에 받은 몇 푼의 원고료가 있었을 것이다. 어쩌면 혼자 사는 그로서는 한 달도 더 생활할 수 있는 돈이었겠지만 택시비로도 모자라는 돈이어서 택시 기사가 파출소에 데려갔던 것이다. 덕분에 나도 그와 밤새워 술을 마시고 다음 날 출근도 하지 않고 내 일상의 그 견고한 틀을 한 번 깰 수 있었다. 나중에 알고 보니 이런 일을 나만 겪은 것은 아니었던 것 같다. 다시 말해 그에 있어서 이러한 사건은 일상의 한 부분이라고 할 수도 있는 것이었다.

그에 대한 에피소드는 많지만 어쨌거나 그는 이 자본에 길들여져가는, 그리고 돈 앞에 무릎 꿇기 시작하는 사회와 사람들에게 억지를 썼던 것만은 분명하다. 아니 그건 분명 억지가 아니라 온몸으로 저항했던 거라고 해야 한다. 왜냐하면 그는 그렇게 죽었기 때문이다. 그런 삶은 이 사회에서 죽음이라는 것을 알면서도 굳이 그렇게 살았으니까. 그가 새벽 2시건 3시건 거는 전화도 우리의 일상을 깨는 그의 일상이었으며 우리의 일상을 반대하고 이 세상에 저항하는 이 시대 마지막 순정한 영혼이었기 때문이다. 그런 그의 죽음을 '한 시대의 퇴장'이라고 말한 이유는 이제 그처럼 살아낼 사람도, 그런 저항을 수용해줄 사람도 없는, 참으로 고적한 사회가 되었기 때문이다. 그의 전화를 받고 나서 쓴 졸시 하나를 소개한다.

> 늦도록 술에 젖다가
> 전화를 거는 시인이 있다.
> 새벽 3시가 넘어 전화를 받은 나는
> 갑자기 이부자리 속 남편에서
> 생뚱맞은 시인이 된다.

창밖의 희붐한 빛살을 타고
취한 시인의 목소리가 건너 왔다.
20여 년 서울 생활에
지금도 갈 곳이 없다는 시인의 말이
예전엔 은유로 들렸던 그 말이
이젠 그대로 슬픔으로 온다.
슬픔의 그림자까지 그대로 따라 온다.

하지만 어느 시인이 말한 것처럼
우리도 이젠 눈물도 아름다운 나이가 되어
새벽안개에 젖은 시인의 취한 목소리도
아무런 저항 없이 내 잠자리에 들어와 눕는다.
달랑 목숨 하나 걸어 놓고 살아가는
세상의 모든 서글픈 것들도
이제는 차라리 아름다움으로 온다.

－졸시 「시인의 전화」 전문

편지

1

네가 병을 얻은 뒤로 그래도 2주일에 한 번은 전주에 올라가 너를 봐야겠다고 생각했다. 하지만 세상일이 그렇듯 이것마저도 뜻대로 안 되는구나. 그래서 못 올라가는 날이면 편지라도 쓰기로 했다. 참으로 오랜만에 써보는 편지다.

몸의 느낌은 좀 어떤지 모르겠구나. 감기만 좀 심하게 걸려도 그 무기력함이 온 생을 무너뜨리는 법인데 네 중압감이야 오죽하랴. 현실의 통증으로부터 오는 깊고 텅 빈 어둠과 그 속에 홀로 놓인 극한의 두려움들이 내가 상상할 수 있는 것들이다. 젊은 날 한때는 그 극한 상황을 일부러 찾아 떠나는 치기도 있었건만 이제 우리도 그 깊은 어둠을 생의 전면에서 관념이 아닌 현실로 만나야 하는 나이가 되었구나. 옛날처럼 이 현실을 두려움이 아닌 설렘으로 받을 수만 있다면 얼마나 좋겠느냐.

하지만 너는 지금껏 잘 해왔다는 생각이 든다. 병은 병대로 다스리되 평상심을 잃지 않고 하루를 새롭게 또 하루를 고맙게 맞이해야 할 것이다. 나처럼 일상에 끌려 다니는 놈이야 어찌 늘 새롭고 늘 고마운 세상을 느낄 수 있겠느냐. 하지만 너는 이전에도 나와는 달랐으니 이제 더 깊은 참맛을 느낄 수 있을 것이다.

그리고 네 모든 것을 아내의 뜻으로 이루도록 해서 함께 병을 다스리기 바란다. 이미 너와 네 아내에게는 새로운 삶이 온 것이고 그 삶이 거느리는 또 다른 의미는 당연히 너희 몫이니 그것을 스스로 일구지 않으면 결코 현실의 누추한 절망을 버릴 수 없을 것이다. 생의 이면에서 만나는 또 다른 소중한 체험이라고 생각할 수 있다면 얼마나 좋겠느냐. 배엽아, 네 이름을 불러보고 싶다. 사랑한다.

2

그제 산에 다녀왔다. 눈이 무척 많이 내려 구례까지 가는 동안에도 길가에 차들이 서너 대 박혀 있더구나. 구례에서도 화엄사만 겨우 버스가 다녀서 화엄 골짜기를 오르기로 했다. 내일은 읍내에서 정운창 선생을(『빨치산의 딸』을 쓴 정지아의 아버지) 만나기로 되어 있어서 더 가깝게 택했다.

웃자란 시누대들은 눈의 무게를 견디지 못해 활처럼 휘고 계곡은 하얗게 덮인 바위들 사이로 푸르게 시린 물줄기만 겨우 흐르고 있었다. 갑자기 네 생각이 폭포수처럼 밀려왔다. 넌 나보다 앞서서 사람들과 세상의 어둠을 볼 줄 알았고 늘 그것들의 구체적인 그림을 그려주었다. 그리고 그 사람과 세상에 대한 사랑도 나보다 깊었지. 순백의 화엄을 오르는 동안 너로부터 얻었던 그 어둠과 사랑에 대해서 생각했다.

배엽아, 네가 병을 얻은 이후로 스스로를 깊게 쳐들어온 생각 하나가 있다. 그것은 이 세상을 가감 없이 있는 그대로 살아내야겠다는 생각이다. 그렇게 물처럼 흐르듯이 살아내려면 가장 먼저 할 일은 관념의 끝에 놓인 목숨부터 세상의 사소한 욕심까지 다 내려놓아야 하는 것이리라. 물론 어려운 일이고 필생의 화두로 남아 끝내 얻지 못할지도 모르겠다만 그것이 최선의 삶이고 사는 동안 스스로를 가장 잘 대접해주는 것이라는 생각을 했다.

아직도 내 안에는 20대의 순도 높은 어둠과 40대의 어설픈 생활합리주의가 혼재해 있어서 혼란스럽구나. 이것들이 변주해내는 내 구체적 생활을 가라앉히는 일만 해도 쉽지 않은데 어쩌랴, 언제는 내 의지대로 세상의 시간이 흘렀더냐. 어쩌면 사는 일은 주어진 생을 그대로 받아내야만 하는 숙명적인 형벌인지도 모르겠다. 사실은 스스로의 生일지라도 스스로 깔끔하게 정리해낼 수 없다는 것을 요즘에야 느끼기 시작한 것인지도 모른다.

겨울산의 엄혹한 추위를 느끼고 싶었다. 살을 도려내는 듯한 바람과 극한의 공포를 통해 지금의 너를 느끼고 싶었다. 하지만 안일하게 늙어가는 나의 정신에 채찍을 드는 건 그래도 겨울산의 추위보다도 전화기를 통해 들려오는 병들어 쉬어버린 너의 목소리였다. 우리가 늘 주고받으며 말했던 삶과 죽음이 우리의 관념과 현실을 수시로 넘나들었을 테지만 이제 이것들은 더 이상 관념이 아니다. 있는 그대로 살아내야 할 현실이다. 배엽아, 누추한 내 사랑을 보낸다.

3

오늘이 49재구나. 이제 너를 영영 보내야만 하는구나. 49일을 중음신으로 떠도는 동안 네가 사랑한 이승의 것들과 석별의 정은 잘 나누었느냐. 너는 이제 가는 자가 되었지만 세상의 이별은 늘 보내는 자의 슬픔만 있을 뿐이다. 그래, 네가 이승을 뜨며 나에게 준 마지막 선물은 슬픔이다. 지난 백 년 동안 진정한 비극 한 편이 창작되지 못한 것은 사람이 영악해지면서 그 슬픔도 가벼워졌기 때문이라지. 너는 내 피폐해진 영혼을 위해 마지막으로 심연의 깊은 어둠으로부터 오는 슬픔 하나를 나에게 주었다. 네 육신을 사른 한줌의 재와 함께.

하지만 나는 이 슬픔을 눈물 몇 방울로 받을 수밖에 없구나. 너의 죽음은 아직도 내 정면에 있고 나는 한 발을 움직일 수가 없으니 말이다. 잘 가라 벗이여, 내 사랑한 사람이여. 너는 세상의 부귀영화, 권력과 명예를 탐하지 않았어도 사랑하는 사람들이 많아 세상 놓기가 쉽지 않을 것이지만 이제 됐다. 그만 되었다. 그리움도 외로움도 사무치면 한이 되거니 49일 동안 곡진하게 보내는 의식을 치러낸 아내의 등도 이제 좀 다독여주려무나.

남은 날 동안 어둠이 올 때마다 초파일의 등불처럼 너를 걸리라. 어둠에 잠긴 꽃으로 네가 늘 숨 쉬고 있을 것이니 나는 그걸 느끼리라. 아름다움은 말해 무엇 하리. 네가 그곳에 있는데. 강을 건너는 나비의 꿈은 말해 또 무엇 하리. 네가 그곳에 있는데. 벗이여 잘 가라. 내 사랑했던 사람이여.

잃어버린 시인의 마음

　　박배엽이라는 시인이 있었다. 자유로운 영혼이었
고 지극정성의 마음을 가졌던 사람. 스스로에 대한, 사람에
대한, 뭇 생명들에 대한 그리고 세상에 대한 지극정성의 마
음을 가지고 늘 삶의 현실을 고민했던 사람. 제 안에 시인
과 혁명가가 함께 살기를 바랐던 사람. 자신의 사전에 '밥'이
라는 단어는 '모두가 평등하게 나누어 먹어야 하는 것'으로,
'짐'이라는 단어는 '함께 들어야 하는 것'으로 설명되어 있다
고 말하던 사람. 이웃과 세계에 대한, 역사와 자연에 대한 끝
없는 선의善意를 위해 존재하겠다던 사람. 키가 크고 눈이 크
고 사랑이 컸던 사람. 박배엽. 평생 스무 편도 안 되는 시를

남겼는데도 모두가 시인이라고 말하는 사람. 구체적 일상의 삶에서 시인이라는 존재의 전형을 보여준 사람. 그 친구를 생각하면 지금껏 잘 잊고 살던, 잃어버린 사람들, 잃어버린 마음들이 한꺼번에 되살아나 좀 불편하다. 산다고 사는 내 꼬락서니가 비교되어 죽은 자에 부끄럽고 스스로에게 부끄러운 탓이다.

　하지만 나는 잃은 것이나 잊은 것이나 다 흘러가는 것이니 괜찮다고 생각하는 편이다. 반드시 잃지 않아야 할 것이나 반드시 잊지 않아야 할 것이 어디 있단 말인가. 아니 어떻게 그럴 수 있단 말인가. 늙거나 죽어야 하는 것이 인간의 삶인 것처럼, 또는 꽃이 피었다 지는 것처럼 그렇게 흐르는 시간 중에 우리는 우리를 늘 잃어버리는 것을. 하지만 망자의 인연은 다했으나 아직도 그에 대한 나의 인연은 다하지 않아서 종종 나는 잃어버린 그를 말하곤 한다. 그리고 그때마다 슬프다. 그의 죽음 때문이 아니라 시인이라는 이름을 달고 그가 보여준 참된 시인의 모습을 살아내지 못한 나의 못난 현실이 슬프고, 사람과 세상에 대해 다하지 못한 그의 사랑이 여기저기 남아 잊히지 않고 있는 것이 그렇다.

그럴 때마다 그의 무엇이 남아 이렇게 변해버린 시대를 아직도 살고 있는가를 생각하곤 한다. 그가 스무 살을 먹고 철든 이후 죽기까지 보낸 시절은 70년대에서 90년대이다. 그 시절은 유신정권과 군사정권의 비민주, 반인권의 폭압적 살인정권이었고 대부분의 청년학생과 지식인들이 그 정권에 항거하던 시절이었다. 그도 온몸으로 그 시대의 저항 이데올로기에 복무했지만 그래도 그는 좀 다른 점이 있었다. 어쩌면 그는 휴머니스트로서는 근본주의자라고 할 만큼 친화와 화해를 갈망한 알몸의 사람이었고 지독한 현실주의자였고 실천가였다. 그리고 그러한 것이 그가 말한 시인의 삶이었다.

그래서 21세기가 되어 이제는 글로벌 사회가 된 지금도 그가 살아낸 시인의 삶, 시인의 마음은 유효하다. 아니, 더 절실하다. 그것은 이 시대가 저항의 세월을 관통하는 동안 익힌 대립과 갈등의 관성적 사고를 극복하기 위해서도 그렇고, 자연을 착취하며 몸집을 불려온 성인병 말기의 현대문명을 치유하기 위해서도 그렇다.

봄이 오는 일과 꽃이 피는 일이 다르지 않고 비가 오는 일과 우물의 물을 길어 올리는 일이 다르지 않듯, 일상의 삶도 세상의 모든 현상과 사람들과 사물들의 관계 속에서 진행되는 조화와 상생의 질서인 자연 질서의 부분일 것이다. 이는 순환의 질서요, 원의 질서이며 지속가능한 질서이고 나눔의 질서이다. 그리고 그것은 되찾아야 할 21세기의 우리 현실이다. 이런 현실이 박배엽이 품었던 시인의 마음이었고 박배엽이 살아냈던 시인의 삶이었기에 그는 스무 편도 안 되는 시를 쓰고서도 누군가가 직업이 뭐냐고 물으면 당당하게 시인이라고 말하고 다녔던 것이다. 그의 태도는 시를 한 편도 쓰지 않더라도 사람들은 시인의 마음으로 살아야 한다는 그의 강한 의지에 다름 아니었을 것이다.

80년대의 현실을 노래했건만 21세기의 요즘에도 절실하게 가슴에 와 닿는 그의 시를 하나 소개하겠다.

아니오
베어버리세요.

당신이 아니고
나 또한 아니어요.
그리고 아프도록 베어버리세요.

눈이 부셔요.

가슴이 떨려와요.

행여 두려워 말고

서로의 손을 잡으세요.

이마를 맞대고

원을 그리세요.

둥그렇게 굽이치며 일어서세요.

이젠 알아요.

우리가 눈빛을 열고 모인 자리로만

첫 새벽이 와요.

-박배엽, 「목숨」 전문

    시의 제목이 '목숨'이다. 스스로의 목숨 하나 챙기려고 대립
과 갈등을 이루나, 너의 세상도 나의 세상도 아니니 아프지만
모두 스스로의 '에고'를 베어야 한다는, 그러면 오히려 세상의
모든 두려움도 없어지고 지혜가 열리며 화해하고 상생하는
모두의 첫 새벽이 온다는 내용으로 읽힌다. 박배엽의 목숨이
그러했다. 그의 삶의 지향이 그러했을 것이다. 한 세상 살면서
무엇을 이루었느니 어쨌느니보다는 자신의 당대를 온몸으로

살다 갔으니 그것만으로도 그는 그 어딘가에서 이승의 한때
는 좋은 소풍이었다고 말하며 그 특유의 웃음을 활짝 웃고 있
을 것이다.

生의 기미를 느끼게 해주는
영화 〈철도원〉

　　한 편의 영화나 책이나 그림이나 음악이나 이런 예술 창작품들은 감상하는 사람 개인의 주관적 정황에 따라 특별한 감동으로 오는 경우가 종종 있다. 다른 사람들은 모두 그저 그랬다고 하는데 자신에게는 유독 오랫동안 그 작품의 뒷맛이 남아 커피의 맛을 더해주거나 감상에 젖게 하는 그런 작품이 있는 것이다. 〈철도원〉은 많은 사람들의 칭찬이 있었던 작품이나 내게는 또 다른 특별한 느낌이 왔었던 작품이라고 말하고 싶다. 생의 기미를 느끼게 해주었다고 할까, 아무튼 보통 때라면 한두 시간 정도 이 혼란스런 세상을 잊게 해준 즐거움이 있었다고 말한다면 〈철도원〉은 스스로의 삶을 깊게 되돌아보게 하는 삶의 성찰로 다가왔던 영화 중의 하나로 남아 있다. 〈철도원〉은 액션물이 아닌데도 나를 시종일관 긴장을 늦추지 않고 화면에 집중하게 한 것은 무엇이었을까. 극의 구성과 편집이 돋보여서 그랬던 점도 있겠으나 기실 나를 붙잡은 것은 극의 주인공인 역장 '오토' 씨를 통해 형상화되고 있는 삶의 상징이다. '오토'의 삶은, 현대를 사는 모든 사람들에게 들씌워져 있는 자본이데올로기를 벗어나 있다는 것만으로도 충분히 인간적인 아름다움을 고스란히 가지고 있다. '오토'의 삶이 가지는 상징은 그가 근무하는 눈 덮인 격리된 간이역처럼 인간 존재의 고독과 그 존재의 고독으로부터 오는 끝없는 기다림이다. 극 속에서 '오토'는 일생 동안 기차를 기다리고 보내고 또 기다리다가 생을 마감한다. 이 영화의 전편에 걸친 화면이 기차를 기다리는 '오토'이다. 다시 말하면 이 영화는 극 전체의 배경에 인간 존재의 고독을 펼치고 있으며 그 위에 몇 개의 사건을 배치하여 그러한 인간들의 삶이 가질 수 있는 아름다움을 함께 보여준다. 그것이 바로 친구 '센'과의 우정이고 아내와의 사랑이다. 이 '우정'과 '사랑'은 존재의 고독을 포용할 수 있는 우리 삶의 유일한 출구임을 보여준다. '오토'가 아내(사랑)를 잃은 것과 '센'이 친구 '오토'(우정)를 잃은 것과 '오토'가 세상을 떠난 것(존재의 고독)은 모두가 동일한 삶의 무게로 우리에게 온다. 그리고 이 영화의 전편에 걸친 배경으로서 설경이 가지는 은유는 각별하다. 배경은 단순히 시간과 공간이라는 설정을 넘어서서 주제의 밑그림이라는 점에서 매우 중요한 장치라고 한다면 이 영화에서 시종일관 간이역을 온통 덮고 있는 엄청난 눈의 배경은 '생의 고독함'의 의미와 '따뜻함'의 의미(사랑, 우정)를 동시에 오버랩시키는 효과적 장치로서 성공하고 있다고 볼 수 있다. 또한 영화에 등장하는 모든 인물들이 따뜻하다. 오토역장의 친구인 센과 그의 아들, 역 앞의 음식점 할머니와 그 양아들, 주인공의 아내, 딸 유끼꼬 등 몇 안 되는 인물들 모두가 너무 따뜻하다. 그러기에 인물 간에 그리고 사건을 통해서 큰 갈등이 없으면서도 극의 진행은 긴장을 동반한다. 그것은 전편에 밑그림으로 깔린 오토의 기차를 기다리는 모습에서 보여주는 '인간 존재의 고독'과 그것을 감싸려는 따뜻한 사람들의 따뜻한 사건 자체가 전체 이야기 속에서 큰 갈등을 연출하고 있기 때문일 것이다.

슬픈 아름다움, 아름다운 슬픔
-세월호 참사 2년을 맞아

저 하늘의 별이 아름답지 않느냐고 그리 쉽게 감상적으로 말하지는 마세요. 별 하나가 빛난다는 것은 세상을 통째로 다 잃는 일이기도 하고, 누군가를 잃고 그 세월을 다 지워야 하는 일이기도 하다는 것을 알았기 때문입니다.

저 언덕 위의 꽃이 아름답게 피었다고 그리 쉽게 말하지는 마세요. 꽃 한 송이가 피어나는 것은 너와 나 모두의 꿈들이 하나 되는 일이기도 하고, 세상의 모든 분노와 설움을 딛고 일어서야 하는 일이라는 것을 4.16참사를 통해 배웠기 때문입

生을 버티게
하는 문장들

니다.

그렇게 이 세상에 별 하나가 빛나고 꽃 한 송이가 피는 일은 이제 아름다운 슬픔이고 슬픈 아름다움이 되어버렸습니다. 이 깊은 상처를 치유하는 일은 관련된 책임자들과 정부와 대통령과 물질 중심의 왜곡된 사회구조까지 모두 반성하고 바꾸고 처벌해야 하지만 결국 이 모든 것이 정상적으로 제자리를 찾고 운영되려면 우리 스스로가 변해야만 하는 일이라는 것을 압니다. 세상의 평화를 원한다면 내가 먼저 평화가 되어야 하듯이 세상이 사랑으로 가득 차기를 원한다면 우리가 먼저 사랑으로 가득 차 있어야만 한다는 것을 이제 우리는 분명히 압니다.

이렇게 스스로가 변해야만 나의 주변이 변하고 세상이 변하게 된다는 것을 생각합니다. 나는 변하지 않고 상대만 변하라는 것은 나와 견해가 다르다고 상대방을 몰아세우는 것과 다르지 않으며 그것은 또 다른 폭력의 시작입니다. 우리는 모두가 한 배를 탄 승객들입니다. 나는 너를 책임져야 하고, 너는 나를 책임져야 하는 우리는 모두가 한 척의 배입니다. 그리고 우리는 모두가 선장입니다. 우리 사회가 어떤 위기의 순간

을 맞았을 때 속옷 바람으로 혼자서 허위허위 탈출한다고 살
아남을 수 있는 것은 아니지요. 그것이야말로 침몰입니다. 모
두가 하나라는 생각으로 함께 가야 합니다.

　생명 하나하나가 하느님이신 서로를 섬기며 함께 가야만
우리가 꿈꾸는 사회, 생명의 본향이 존재하는 것이지요. 그리
고 그래야만 그토록 꿈꾸던 그 세상을 만나게 될 것입니다.
그 세상에 이르기 전에는 그립다 울지 말고 서럽다 잠 못 이
루지 마세요. 모든 슬픔은 아름답고 어떤 아름다움도 슬프다
는 것을 우리는 4.16을 통해 배우지 않았습니까. 하늘엔 저토
록 아름답고 슬픈 별이 떠 있고 산에 들엔 저토록 슬프고 아
름다운 꽃들이 피어 있지 않습니까. 저 아름다움과 슬픔을 모
두 함께 오롯이 받아내는 것이 우리의 일입니다.

　　生을 버티게
　　　하는 문장들

존재의 근본 지층이
뒤틀려 있는 사회

       한 나라, 국가라는 것의 시스템이 얼마나 허구이고 사기인지 모두가 확인한 2016년 가을이었다. 국가라는 조직은 그 땅에 살고 있는 모든 생명들의 삶을 관여한다는 속성 하나만으로도 본질적으로 폭력을 내재하고 있다. 나아가 대통령 중심제라는 이름으로 부여된 권한은 헌법적 권한이라고 해도 그것은 그 자체로 독재적 성격을 너무 많이 가지고 있다. 국가운영의 효율성을 고려하여 다수에 의해 선택된 최선의 제도라고는 하지만, 그리고 많은 상호적 장치를 통해 권력의 적절한 균형을 이루게 했다고는 하지만 그것 역시 최선의 제도

일 뿐이다. '최선'이라는 말은 아름다운 말이기는 하지만 완전하지 못하다는 것이며, 어떤 상대적 상황에 따라서는 50%에도 못 미치는 안타까움일 수도 있다. 게다가 이명박이나 박근혜 같은 인격적으로 부족하고 무능한 사람들이 그 막중한 위치에 있을 때 얼마나 쉽게 살림이 거덜 나고, 얼마나 많은 사람들이 죽어나가고, 얼마나 어처구니없이 나라가 무너지는지를 보았다.

그래서 제도라는 것은 이론적으로는 완벽할 수 있을지 모르나 현실 속에서는 완벽한 제도라는 것은 없다. 이론과 실제의 차이에는 '사람'이라는 것이 있고, 완벽한 제도라 해도 현실 속에서 시행하는 주체는 '사람'이기 때문이다. 아무리 좋은 칼이라도 요리사가 아닌 악인이 잡으면 살인의 도구가 되듯이 문제는 언제나 그 '사람'에게 있다. 이것은 비단 국가만의 일이 아니다. 사회단체나 기업도 마찬가지이며 학교며 병원이며 기관 등 모든 크고 작은 조직이 그렇다. 막중한 권한을 가진 그 조직의 장이 어떤 '사람'이냐에 따라 흥망성쇠와 평화가 좌우되기 때문이다. 세월호 침몰 당시 300여 명의 목숨을 좌우할 권한이 무지하고 무능한 박근혜의 손아귀에 있었다는 것은 얼마나 큰 재앙인가.

이처럼 문제의 근원에는 언제나 '사람'이 있다. 그런데 그 사람, 그 현대의 많은 사람들은 사회의 불의나 특정인의 불의에는 쉽게 분노하지만 자신의 불의에는 대단히 관대한 편이다. 자신의 불의를 감추기 위해 상대방의 불의에 더 날뛰는 사람도 있다. 별로 정의롭지 못한 삶을 살던 사람들이 어떤 상황을 만나면 정의로운 척 더 요란을 떠는 경우들도 있다. 물론 그것만 해도 고마운 일이기는 하지만 문제는 최순실 박근혜 게이트의 본질 바탕에는 이러한 이기적인 현대인의 모습 또한 함께 어른거린다는 것이다. 물론 이러한 이기적인 사고는 개인 DNA 문제가 아니라 오래된 자본 중심의 사회적 정서 속에서 자연스럽게 심화된 것이다. 그리고 지금에 와서는 개인을 넘어 가정이기주의, 지역이기주의, 국가이기주의로까지 전화되어 있다. 어쩌면 이렇게 자본이라는 이름으로 정당화된 탐욕에 길들여진 현대인들은 이미 근본의 어느 부분에서부터 비틀려 있는지도 모른다.

이번 최순실 박근혜 사건 또한 그들 개인만의 문제가 아니라 현대인들의 존재와 삶의 근본이 탐욕으로 인해 뒤틀려 있다는 점에서는 사회 전반의 정서가 그렇지 않은가라는 불온한 생각이 자꾸 든다. 이를테면 도시의 어느 친한 아줌마 둘이 대통령, 최순실과 같은 어떤 권력이 되어 있다면 그 진상을 대충 짐작할 수 있을 것이다. 이미 우리 사회의 부자들이나 권력자들을 통해 숱하게 보아온 것들이 아닌가. 현대의 우리에게 익숙한 자본의 사회라는 것은 어떤 한계가 없이 많으면 많을수록 좋다는 물량주의, 웬만한 것은 돈으로 다 해결할 수 있다는 물질만능주의, 상대방을 무너뜨려 내가 다 가져야 하는 경쟁주의 등 자본주의 이데올로기가 삶의 중심을 이룬다. 이 모두는 고래로부터 성인들이 경계해야 할 첫 번째 것으로 지목해온 '탐욕'에 다름 아니다. 인간도 다른 생명처럼 그 삶이 존재의 '욕구'로부터 시작하지만 식물과 동물들에게 없는 지능을 통해 '탐욕'이라는 것을 가지게 되었기 때문이다. 그래서 성인들은 사람들이 이 탐욕을 다스리게 하기 위한 답으로 예수는 사랑을 공자는 인의예지를 붓다는 무아를 이야기했으며 힌두의 성자들은 아트만을 말했다.

지금 우리에게 필요한 것은 성자들이 했던 것처럼 개인의식과 사회의식을 확장하기 위한 '의식의 변혁'이라는 근본운동이다. 한 사람이 변한다는 것은 단지 몸뚱어리만의 변화가 아니라 그 사람됨을 말하는 것처럼, 사회의 변화 또한 어찌 제도를 바꾸고 지도자를 바꾸는 것만으로 될 수 있을 것인가.

사회의 '의식 확장'이 함께 가지 않으면 안 된다. 그런데 작금에 진행된 전국의 '촛불'이야말로 우리사회의 전체 의식을 확장시킨 놀라운 일이라고 할 수 있다. 이 탄핵과 선거 국면이 끝나고 촛불들이 개인으로 돌아간다 해도 한번 확장된 이 전체 의식은 분명 한 시대의 눈부신 지층을 이루게 될 것이다. 그리고 우리의 삶 속의 새로운 운동은 이것으로부터 시작되어야 할 것이다.

3

내 안의
신성,
오직
그대뿐

단 한 명을 위한
간이역 콘서트

'율촌역'이라는 곳이 있었다. 지금은 폐쇄된 율촌역은 전국의 12개 역사驛舍와 함께 문화재청에 의해 문화재로 지정되었다 한다. 1930년 전라선이 개통되면서 만들어졌고 폐쇄되기 직전에는 열차가 하루에 두 번 쉬었던 곳, 하루 열차 이용자가 다섯 손가락을 넘지 못했다는 초라한 간이역, 폐쇄일이 통보된 그날 그곳 역 마당에서 시노래 콘서트가 있었다. 그것은 지역의 이름 없는 가수와 시인 그리고 자발적으로 참여한 사람들이 하는 하나의 기도 같은 거였다. 작고 초라하고 소멸되어가는 것들을 위한 기도를 시와 노래로 하는 콘서트였다. 누구에게 보여주기 위한 행사가 아니었기에 우리는 노을이 지는 주위의 편안한 시골 풍경과 잘 어우러질 수 있었다.

이 콘서트는 근대가 형성되고 현대에 이르기까지 꾸준히 소멸되어온 것들에 대한 레퀴엠에 다름 아니었다. 과학의 축적과 함께 근대가 진행되면서, 사과가 떨어지거나 강물이 흐르는 모든 자연현상을 수학적으로 계산해내고, 그 계산을 통해 자연을 착취하는 가운데 꾸준히 도태되어온 것들, 작고 힘없고 화폐가치로 환산이 안 되는 것들, 천성산의 도롱뇽 같은 것들, 이 간이역처럼 끝내는 사라져야 할 것들, 그리고 또 그것들과 똑같은 처지의 사람들까지, 이 소외되고 소멸되는 것들을 위한 콘서트는 간이역 너머의 노을빛만큼이나 아름답고 슬펐다. 나는 이 콘서트가 진행되는 동안 우리가 삶 속에서 꾸준히 잃어온 '가여워하는 마음'을 생각했다. 누군가, 무엇인가 그 대상과의 관계라는 것은 그가 가지고 있는 상대방의 '가여움'을 볼 수 있어야 한다고 했다. 우리 몸의 어느 구석에 힘겹게 숨 쉬며 남아 있을 사랑의 마음, 자비의 마음이 바로 그 '가여워하는 마음'이 아니겠는가. 나는 내게서 버려진 안쓰러운 나를 가까스로 돌아볼 수 있었다.

生을 버티게
       하는 문장들

콘서트의 막바지에 붉은 노을이 지고 막 어둠이 깔리기 시작한 율촌역에 드디어 하루에 두 번 쉰다는 그 두 번째 기차가 잠깐 멈추고 떠났다. 그리고 그 열차에서 단 한 명의 손님인 작고 꼬부라진 할머니가 내리더니 작은 보따리 하나를 들고 느릿느릿 역사驛舍를 빠져나왔다. 우리는 그 단 한 명의 소중한 관객을 위해 시를 읽고 노래를 불렀다. 할머니 한 명을 위해서 존재할 수 있는 열차, 할머니 한 명을 위해서 열차가 멈추는 간이역, 그리고 할머니 한 명을 위해서 노래할 수 있는 콘서트를 위해서, 근대 이후 줄곧 잃어온 그 '가여워하는 마음'을 위하여, 우리는 혼신을 다해 노래했다.

"……세상의 작고 가여운 것들의 어머니/ 서로 욕하고 싸우며 스스로 절망하는 것들의 어머니/ 어머니, 따뜻한 저녁밥을 지어놓고 애타게 우리를 찾는/ 어머니의 목소리가 노을 속으로 흩어집니다./ 하지만 나는 어머니의 그 따뜻한 목소리에 화답할 수 없습니다./ 아직은 어머니의 품으로 달려갈 수 없습니다./ 그것은 아직도 나는 강남의 아파트가 부러워 보이고/ 누군가가 앞서 나가면 질투를 하고/ 내 자식만큼은 서울대에 들어가기를 바라고/ 가진

자 앞에서는 굽실거리고, 없는 자 앞에서는 우쭐대는/ 그러한 마음 때문입니다./ 세상의 불의와 폭력에는 분노하면서도/ 나의 불의와 나의 폭력에는 한없이 너그럽기 때문입니다./ 하지만 어머니, 조금만 기다리세요./ 머지않아 세상의 모든 생명들/ 그리고 만나는 누구에게나 고마움의 절을 할 수 있을만큼/ 내 마음이 충분히 가난해졌을 때/ 그 때 어머니의 부름에 대답하겠습니다./ 따뜻한 밥 한 그릇 지어놓고/ 제가 먼저 어머니를 부르겠습니다./ 저녁노을 붉은 그리움으로 /어머니를 부르겠습니다./ 어머니."

生을 버티게
하는 문장들

고마움은 한 번도
나를 비껴가지 않았다

    글의 제목은 『역사는 한 번도 나를 비껴가지 않았
다』라는 책 제목의 패러디다. 이 책은 36년 옥살이를 한 비전
향 장기수 허영철 선생의 삶을 기록하고 있다. 만델라가 27년
옥살이를 하고 대통령이 되었을 때 아직도 대한민국 교도소에
는 30년이 넘은 장기수들이 수두룩하였고 선생은 그중의 한
분이셨다. 하지만 나는 허영철 선생을 민족의 현대사를 정면으
로 부딪치며 살아온 역사의 증인으로서보다 인간이라는 종種
이 얼마나 아름다운 존재인가를 보여준 한 사람으로, 또는 삶
속에서 '고마움'이란 진정 무엇인가를 알려준 스승으로, 내 마

음 속에는 그렇게 남아 있다.

　오래전 일이다. 어느 늦겨울 전주의 젊은 친구들이 장기수 선생님들을 모시고 구례 지리산 자락으로 나들이 와서 하룻밤을 같이 보낸 적이 있었다. 나는 그때 이틀 동안 내내 한 순간도 놓치지 않는 그분들의 '고마워하는 마음'을 보았다. 맑게 갠 하늘을 올려다볼 수 있다는 고마움, 이마를 스치는 신선한 바람 한 줄기의 고마움, 그 표정이며 몸짓 자체에 깊게 배어 있는 그 마음이 그대로 느껴졌다. 선생의 말투 하나 행동 하나가 티끌만큼의 가식도 없이 너무 오랫동안 자연스럽게 몸에 배인 고마움이라는 것을 누구라도 느낄 수 있었을 것이다. 하기야 36년을 오로지 수행으로만 보낸 세월인데 오죽하랴. 사과 하나를 건네받으며 사과 꽃을 피우게 한 햇볕과 뿌리를 적시게 한 비와 흙과 사과를 건넨 사람의 고마움까지, 사과 하나를 얻기까지에 기여한 세상의 모든 존재에 대한 고마움을 뼛속 깊이 새긴 자의 마음을 보았다.

　고마워하는 마음은 겸허한 마음에 다름 아니라고 생각한다. 고마워하는 마음은 내 안을 온통 차지하고 있는 자아의 영역에 타자의 영역을 내어준 것이고, 겸허한 마음은 내 안에 타자의 영역이 자아의 영역보다 더 넓어졌음을 의미하는 것이라고 생각한다. 요즘처럼 삶 자체가 경쟁이고 살기 위해 경쟁력을 갖추려다 보면 사람들은 자연스럽게 이기적으로 살게되고, 내 스스로 경쟁력을 갖춰 이만하게 살고 있다고 생각하니 스스로의 자만을 부끄러워하지도 않는다. 상대방을 고마워하기보다는 내가 그만큼 노력해서 경쟁력을 갖춰 얻은 것이니 당연하다고 생각하는 것 같다. 그래서 타자는 경쟁의 상대요 대립적 존재이지 내 안에서 품어야 할 상대가 아닌 것이다. 우리가 고마워하는 마음과 겸허한 마음을 꾸준히 잃어온 것은 이러한 변화된 일상의 탓이 크다고 할 것이다. 그리고 부를 창출하는 것만이 미덕이 되어버린 자본 중심으로 인간의 질서가 재편되면서 깊은 내면에서 우러나오는 그런 마음은 바닥을 치는 상태에 이르렀다.

사실 이 시대에 스스로 겸손해져서 상대를 진정으로 고마워할 줄 알고 낮은 자세를 취하며 사는 이가 얼마나 될까. 나를 내어주고 타자를 섬기는 겸허함은 현대의 일상에서 얼마나 유효한 덕목으로 남아 있을까.

나는 자아의 감옥을 벗어나 타자를 섬기는 선생의 그 텅 빈 마음의 '겸허함'을 보며 그것은 분명 36년의 옥살이 명상이 가져다준 깨달음일 거라고 생각한다. 사실은 그렇게 사는 것이 진리의 삶이요, 나를 살리는 유일한 길이라는 절박함을 우리는 언제나 스스로의 것으로 받아들일 수 있을 것인가.

적선積善

비노바 바베는 인도의 '부단운동'을 이끌면서 부자들이 땅을 헌납할 때, 자신의 명예를 앞세우는 허영에 빠진 마음이나, 또는 권력이나 어떤 목적을 위해서 땅을 내놓는다는 기미가 조금만 있어도 그것을 받지 않았다고 한다. 무엇인가 준다는 것이 그렇게 만만한 일이 아니라는 것을 느끼게 해주는 대목이다.

초기불교사회에서는 부처님을 포함한 모든 스님들이 반드시 하루에 한 차례의 탁발 행위를 하여 먹는 것을 해결했는데 마을 사람들은 그 시간이 되면 잘사는 자나 못사는 자나 모두 나와 적선을 했다고 한다. 이런 탁발하는 행위는 얻어먹는다는 개념보다는 사람들에게 적선을 하게 하는 것에 많은 의미를 두었던 행위라고 한다.

적선, 그러니까 누구에게 무엇인가 준다는 것은 물질적인 문제보다는 스스로의 선한 마음을 일궈내는 것에 더 무게가 실린 것이라 해야 할 것이다. 말하자면 적선하는 것은 내 안에 있는 나의 선함을 알고 또 그것을 쌓아가는 하나의 수행인 것이다.

그런 주는 자의 마음을 보여준 모범 답안을 비노바 바베의 어머니에게서 볼 수 있다. 비노바 바베의 집에 어느 날 체격이 건장한 거지가 왔는데 어머니가 그에게 적선을 베풀자 비노바는 저렇게 멀쩡한 사람에게 적선을 하는 것은 게으름을 키워주는 것이며 적선은 받을 만한 가치가 있는 사람에게 하는 것이라고 말한다.

그때 어머니는 '우리가 무엇인데 누가 받을 만한 사람이고 누가 그렇지 못한 사람인지 판단한단 말이냐? 우리가 할 수 있는 것은 누구나 다 존중해주고 힘이 닿는 대로 베푸는 거다. 내가 어떻게 그 사람을 판단할 수 있겠느냐?'라고 말한다. 이 어머니는 매일 하는 식사기도에서도 늘 고마워하며 눈물을 흘렸다니 그 간절한 마음이야말로 성자의 마음이라 할 것이다.

　우리 사회에도 이런저런 성금들이 많다. 참으로 고맙고 거룩한 사회적 실천들이다. 하지만 체면 때문에, 세금 때문에, 혹은 과시하기 위해서나 이름을 내려고, 또는 칭찬을 들으려고 하는 그런 적선은 아닌지 모르겠다. 물론 그렇다 하더라도 그건 좋은 일이지만 정말 온 마음을 실어 스스로의 선을 일구기 위해 하는 '적선'은 얼마나 될까. 우리는 주는 행위가 손해가 아니라 진정으로 자신을 위한 것이라는 진리를 그대로 받아들일 수는 있을까. 매일 지하철 입구를 오르내리며 보게 되는 구걸하는 사람이 나의 선한 마음을 일깨워주는 사람이라는 생각을 하면서 그에 대한 고마운 마음으로 동전을 놓고 올 수 있을까. 일주일에 한 번, 한 달에 한 번, 아니 1년에 한 번이라도 나를 위해서, 나의 선한 마음의 회복을 위해 적선할 수 있어야 하지 않겠는가.

　어쨌거나 '적선'은 많이 가진 자가 아니더라도 아니, 아예 가진 게 없는 자라 할지라도 누구나 할 수 있는 것이다. 그것은 마음의 문제이지 본질적으로 물질이나 돈의 문제가 아니기 때문이다. 그것은 내 안에 선함이 있음을 알게 하는 것이고 또 그 마음을 일궈내는 하나의 수행이기 때문이다.

남미에서의 '바바남 케발남'

2016년이 시작되는 첫 달에 스스로에게 무언가 다짐을 하는 여행을 하고 싶었다. 계획을 하고 진행한 것은 아니지만 40대까지 나름의 사회운동을 하며 밖으로의 활동에 비중을 두고 살았다면 50대는 '생명평화결사'를 만나면서 스스로를 돌아보는 내면에 비중을 더 두고 산 십 년이었다. 그리고 2016년을 맞으며 자연스럽게 갖게 된 문제의식 중의 하나가 '어떻게 안과 밖의 조화를 이루는 삶을 살아야 하는가.'였다. 이런 여행의 목적의식적인 명분이 생겼을 때 남미여행 제안을 받았다. 그렇지만 생각보다 많은 한 달간의 여행이었고 경비도 많았고 가는 곳이 남미라는 지구의 반대쪽이어서 너무 멀고 긴 여정 또한 부담이 되었다. 한참의 망설임 끝에 그 여행은 그냥 관광 차원의 여행이 아니라는 점을 앞세워서 참가하기로 결정했다.

이 여행의 리더는 '아난다마르가 요가명상 공동체'의 '첫 따란잔 아난다' 다다지(수행자)였다. 나는 첫 다다지를 따라 인도여행도 했었고 그는 나에게 요가와 명상을 가르치고 지도해준 스승이었다. 그리고 이 여행은 아르헨티나에서 열리는 '영성 페스티벌'에 참가하는 것을 중심에 둔 일정이었고 여행 중 금연, 금주, 채식만을 해야 하는 수행자들의 여행이었다. 나는 담배도 피고 술도 마시고 고기도 먹는 사람이어서 1개월 동안 금욕(?) 생활을 해야 한다는 것이 조금은 걸렸지만 그래도 첫 다다지와의 여행이 다시 한 번 나의 내면을 깊게 들여다보게 할 거라는 믿음이 있었다. 1월 13일 낮 12시 45분발 비행기를 타니 다음 날 05시 25분에 브라질 상파울루에 도착하여 남미의 첫날을 맞이할 수 있었다. 장장 17시간의 비행이었다.

각 나라를 다니며 우리가 주로 숙식을 하는 곳은 '아난다마르가 요가명상 센터'였다. '아난다마르가 요가명상 센터'는 세계 곳곳에 있으며 남미의 각 나라에도 여러 개의 센터가 있었다. 그곳에는 상주하는 다다지들이 있었고 그 지역의 마르기(아난다마르가 요가명상 수행자)들을 대상으로 명상을 하고 '키르탄'(명상춤)과 '카오시키'(명상체조 같은 것)도 하고 '다르마 차크라'(예를 들면 예배나 미사 같은 일종의 의식)를 하였다. 우리는 센터에서 숙박을 하면서 명상과 함께 이것들을 같이 할 수 있었다. 그러면서 관광으로는 영적 진동이 큰 곳이라는 페루의 잉카문명 유적지인 쿠스코와 마추픽추, 그리고 베네수엘라의 카리브해와 박물관, 브라질의 리오 등이 전부였다. 아르헨티나에서는 오로지 '영성 페스티벌'에 적극적으로 동참하였다.

'아난다 마르가'에서는 모든 것이 '바바남 케발람'으로 요약된다. 그 뜻은 '내 안의 신성이여, 오직 그대뿐'이라는 정도의 의미로 의역할 수 있다고 한다. 명상을 통해 내 안의 신성과 합일하는 것이 곧 열반이요, '아난다 마르가'의 마르기들이 하는 수행의 궁극 목적이라고 할 수 있을 것이다. '키르탄'을 할 때도 그 음악이 '바바남 케발람'이고 '카오시키'도 '바바남 케발람' 만트라를 가지고 한다. '다르마 차크라'도 일정한 의식의 틀을 가지고 하지만 결국 이를 통해 얻고자 하는 궁극은 '바바남 케발람'(내 안의 신성이여, 오직 그대뿐)인 것이다. 음식을 앞에 두어도 반드시 '바바남 케발람'을 노래하고 식사를 한다. 그들은 일상의 모든 시간 중에 한시도 잊지 않고 '내 안의 신성이여, 오직 그대뿐'을 생각하며 산다. 이게 바로 '바바남 케발람'이고 지금 여기 '깨어 있음'이다.

다음은 남미 여행 동안 간간히 메모했던 것들이다.

○ 1월 19일
세상의 모든 것에는 시작도 없고 끝도 없다는 사실에 공감한다. 사람도 그렇다.

○ 1월 23일
페루의 3박 4일 여정이 끝나고 브라질 리마행 비행기를 타고 가며 그간의 일을 정리해본다. 페루여행은 쿠스코와 피샥, 그리고 마추픽추로 정리된다. 모두 다 잉카 유적지다. 쿠스코는 왕이 거주했던 큰 도시이며 피샥이나 마추픽추는 성스러운 곳으로 영적 지도자가 있는 곳이며 잉카의 영성과 철학을 읽을 수 있는 곳이다. 쿠스코의 도시 구성은 그들의 상징인 퓨마의 형상을 따라 챠크라 지점에 중요한 사원을 세웠다. 그리고 잉카문명은 마야문명처럼 태양을 절대신으로 숭배하거나 그러지는 않았다. 지수화풍과 같은 근본적인 존재 요소의 하나로 모셨을 뿐이라 한다. 마추픽추에서는 성소 중의 성소이며 영성의 진동이 가장 크다는 산을 3시간이나 올랐다. 이곳이나 피샥에는 잉카인들이 스스로 명상을 할 수 있도록 깎아 만든 돌 의자가 있었다. 잉카인들은 그곳에 앉아 일출을 보거나 남십자성을 보면서 명상을 했다고 한다. 나는 잉카의 명상 문화가 인더스 문명의 그것과 닮아 있다는 것에 놀랐다. 어떤 절대신을 숭배하는 것이 아니라 스스로가 가지고 있는 아트만의 절대성을 추구했던 것이다.

○ 1월 25일

여행 중 오늘처럼 하루 정도는 아무 일정도 없이 숙소에서 빈둥거리며 쉬는 것도 좋은 것 같다. 내일은 드디어 아르헨티나의 부에노스아이레스로 간다. 빨래도 하고 다다지가 해준 음식도 즐기고 햇빛도 좋아서 기분이 상쾌하다. 모든 걸 잊고 센터 안의 현실만 바라보니 아무런 걱정이 없다. 서울에서 해가 지는 그 시간에 부에노스아이레스에서는 해가 뜬다고 하니 그런 한국과의 거리감 때문이었을까. 한국의 모든 것을 깡그리 잊고 주어진 현실을 최대한 즐기고 있는 나를 보았다. 아, 정말 우리는 얼마나 눈앞의 실상을 있는 그대로 살지 못했던가.

○ 1월 27일

어제 부에노스아이레스 공항에서 내려 '영성 페스티벌'이 열리는 코르도바로 가는 침대형 버스를 타고 9시간을 달리고 있다. 어제 저녁 어둠이 내리는 시간에 탔는데 희붐한 여명이 밝아오더니 이윽고 끝없는 지평선에 아침 해가 떠오른다. 코르도바의 생소한 풍경과 함께 온 신성한 아침이다. 차창 밖 풍경을 뒤로하고 옆 좌석을 보니 아르헨티나 안내를 맡은 비모차나 디디지('다다'는 남자 출가 수행자이고 '디디'는 여자 출가 수행자)가 허리를 곧추세우고 명상을 하고 있다. 아름답다! 이 한마디밖에 더 무슨 말을 할 수 없었다. 나는 침대처럼 젖혀진 의자에 숄 한 장을 덮고 누워 지평선의 떠오르는 해와 디디지의 명상하는 모습을 번갈아 보며 코르도바의 아침이 보여주는 신성함과 그 아름다움에 한껏 취했다. 얼마만인가. 이런 느낌의 고요, 그 고요함이 주는 평안함, 고맙다. 이 모두가 깊은 느낌으로 내게 오고 있다는 것이. 이 모두가.

○ 1월 28일

콘돌 다다지의 집에서 1박 2일 일정을 마치고 '영성 페스티벌'이 있는 장소로 떠난다. 콘돌 다다지의 아난다마르가 하우스는 천연의 숲 속에 있었으며 숲의 흐름을 타는 평화 그 자체였다. 콘돌과 쉴라의 가족으로부터 느껴지는 순정과 그들을 품고 있는 자연과 그 사랑의 숨결이 나를 정화시켰다. 또한 그런 순결한 마음들이 세상을 정화시킬 것이다. 어제 하루 종일 열이 나고 눈이 붓고 배탈이 나서 몹시 괴롭고 우울했었는데 몸도 마음도 다시 평화를 찾았다. 나를 감싸준 사람들과 자연, 분명 그 사랑의 힘이었다고 생각한다. 달리는 차 속에서 다들 잠이 들고 오디오에서는 '바바남 케발람' 소리가 울려 퍼진다. 아, 깨어 있음의 고마움이여.

○ 1월 29일

'영성 페스티벌' 동안에는 아침 5시에 일어나 반 목욕을 하고 명상을 한 후에 6시에 요가하고 7시에 달마챠크라를 한 후 9시에 밥을 먹었다. 그리고 오전에는 다다지 클래스에서 탄트라 철학 강의를 들었다. 몇 번 들어본 내용이지만 늘 새로웠다. 점심 먹고 오후에는 첫 다다지에게 다시 명상을 배웠다. 그에게서 '나는 사랑'이라는 만트라를 얻었다.

○ 2월 6일

귀국하는 비행기를 타기 위해 상파울루 공항으로 가고 있다. 우리의 인생이 그렇듯 여행 또한 과정일 뿐이다. 27일 동안 보고 듣고 겪으며 느낀 모든 게 그저 지나갔을 뿐이다. 여행의 순간들을 사진에 담았다 하나 사진일 뿐 그 이상의 무엇은 아니다. 현상적으로는 올 때 그대로의 모습으로 돌아가나 나는 무엇인가 변해 있을까? 어떤 변화가 안에서 진행되고 있을까? 느낌은 있다. 돌아가면 명상을 좀 더 진중히 열심히 해야겠다. 앞으로 내게 무엇인가가 오게 된다면 이것으로부터 올 거라는 느낌이 든다. 여생 동안에 오는 새로운 변화의 기점에 명상이 있을 거라는 생각을 해본다. 어떤 영적 체험을 해보고 싶은 것은 결코 아니다. 다만 스스로의 어떤 한계를 돌파하고 싶은 것이다. 남은 이승의 시간 동안 나에게 오는 구체적 현실을 오롯이 다 받아내고 싶은 것이다. 그런 도움을 받기에는 명상이 가장 적절하다는 생각을 한 것이다.

'부단 운동'에서 배우자
–현 시기 사회변혁의 새로운 관점을 위하여

'변혁'에 대하여

인류는 어느 시대를 막론하고 자신의 현재에 대해 변혁을 꿈꾸어왔다. 말하자면 하나의 개체적 생명은 자신에게 주어진 존재의 상황과 조건의 변화를 극복하며 스스로의 생장을 도모하는 생명운동을 끊임없이 해왔다는 것이다. 그리고 몸도 마음도 끊임없이 변화하며 발전할 수 있는 한 생명의 자체적 삶의 성격을 '변혁'이라는 단어로 폭넓게 의미변용 할 수 있다면 삶 자체의 생명운동을 변혁운동이라고 말할 수도 있을 것이다. 다시 말해 모든 생명은 변화의 흐름 속에 놓여 있으며,

生을 버티게
하는 문장들

그 흐름의 상황과 조건을 잘 소화하고 조화와 균형을 이루어 극복해나가는 삶 자체가 생명운동이고 그 생명의 변혁운동이라는 것이다. 그리고 이것은 하나의 개체 생명만이 아니라 그 집단, 그 사회, 그 국가, 나아가 전 인류 자체도 마찬가지라고 생각한다.

그래서 '변혁'은 하나의 개체로부터 시작하여 지구 안의 전 존재들이 피해 갈 수 없는 모두의 '삶' 그 자체이기도 하다. 모든 생명은 죽는 순간까지 변화의 흐름을 타고 있으며 그 흐름을 그 생명체 혹은 생명공동체가 주체적으로 타는 것을 '변혁'이라고 말하고 싶은 것이다. 그리고 '변혁'은 한 시대의 사회적 문제만이 아니라 우주적 시간의 흐름인 '변화'의 흐름 속에 있는 것이며, 유한한 생명 존재들이 현재의 영원성이라는 인식의 토대를 만들어가는 것이고, 존재가 처한 상황과 조건을 체화하여가는 삶의 과정이라고 말할 수 있을 것이다.

그래서 현 시기의 사회변혁에 대한 모색은 단순히 정권을 바꾸고 제도를 바꾸어 잘 사는 나라, 평등한 세상, 통일된 나라를 이루는 가시적이고 목적의식적인 것만이 아니라 존재의 본질, 삶의 본질과 함께 고민해야 하는 것이어야 한다고 생각한다. 그리고 개인의 삶과 사회는 분리될 수 없는 것이고 나와 우리, 모든 생명들은 궁극으로는 지구라는 별에서 함께 공존

해야 하는 한 생명이기 때문에 변혁의 기본정서에는 공존의식이 있어야만 한다. 또한 이 공존의식은 생명체들이 타고나면서 가지고 있는 '공감능력'의 자기인식으로부터 시작되며 그것은 종교적으로는 자비나 사랑 등과 관련된 것이고 사회적으로는 타인에 대한 헌신과 희생, 그리고 진정한 봉사와 기부, 나아가 연민의 감정 등 '모심'과 '나눔'의 근본정서와 무관하지 않은 것이다.

그런데 문제는 생명을 가진 것들은 이 변혁의 기본정서인 '공감본성'을 생래적으로 가지고 태어나지만 정작 스스로는 그것을 모르고 살아가는 경우가 많으며 대부분 죽을 때까지 자신의 그러한 본성, 자성, 신성이라고 할 수 있는 그것을 인식하지 못한 채 '나(에고, 아상)'라는 인식공간 속에서 벗어나지 못하고 죽는 것이 일반적이라는 점이다.

이야기가 좀 거칠었지만 이러한 '변혁'에 대한 본질적 문제의식을 가지고 구체적인 사회변혁운동을 말하고 싶은 것이며 이를 일정 부분 성공적으로 이끌어낸 사례가 있어 지금의 우리로서는 그것을 배우고 그것을 우리의 현실에 맞게 변용해낼 수 있다면 좋지 않을까 하는 생각을 해본다.

生을 버티게
하는 문장들

우리는 어떤 변화의 흐름 속에 있는가

'사회변혁운동'이라는 용어는 80~90년대에 매우 활발하게 쓰였고 그것은 그 시대의 목적의식적인 화두였다. 80~90년대가 지금보다 행복했던 점은 당시 대중들의 정서나 목적의식적 지향이 자연스럽게 하나의 지점으로 집중되어 있었다는 것이다. 그것은 오랜 군부독재로 인한 비민주적이고 반인권적인 정치현실로 인한 반정부적인 대중정서의 흐름이 대세였고, 또 노동운동도 단순한 노사 간의 갈등이나 계급적 문제의식만이 아니라 노동에 대한 근본인식의 확장과 함께 한반도의 통일이라는 국민적 정서를 정확하게 가지고 있었기 때문이다. 이러한 시대적 의식의 흐름은 자연스럽게 '사회변혁'의 물꼬를 트고 큰 흐름을 형성할 수 있었다. 게다가 학생운동이라는 젊은이들의 역동적인 청년에너지가 그 흐름의 중심에 있었으니 당시 사회변혁운동이 크고 강한 흐름을 탈 수밖에 없었다.

그리고 무엇보다도 가장 좋았던 것은 그 사회의 저변에 있는 대중 정서에는 '공감본성'이 하나의 노출된 사회의식으로 성숙해 있지는 않았지만 물밑 가까이로 부상해 있었다는 점이다. '공감본성'의 핵심을 '나' 아닌 주변의 사람들(모든 생명들)에 대한 연민과 사랑이라고 했을 때 80~90년대 운동적 상

황의 대중들에게는 이 공감의식이 매우 확장되어 있었다고 할
수 있고 개인의식의 지향보다는 전체의식의 지향이 크게 작용
하고 있었던 때라고 할 수 있다.

하지만 21세기를 맞은 지금은 개인의식이나 전체의식이 매
우 이기적으로 변하였다. 이것은 아마도 20세기 말, 옛 소련이
붕괴되고 동구권의 사회주의가 몰락하는 상황을 맞이하면서
지구적 전체의식이 '자본화'의 흐름을 타게 되었기 때문이라
고 생각한다. 현재를 사는 사람들의 삶 속에는 공감과 공존이
라는 의식보다는 자본주의라는 옷을 입은 인간의 탐욕이 만
연되어 있다는 것이다. 작금의 자본 중심의 삶은 물질만능주
의, 경쟁주의, 개인주의, 성장제일주의, 물량주의, 속도주의 등
의 자본주의 이데올로기가 구체적 생활세계 속에서 먹고사는
현실적 삶의 문제를 앞세워 당위적 정당성을 얻어가고 있다.
자본주의는 물질의 풍요와 편리를 동반하면서 인간의 탐욕에
가장 충실한 사상이 되었으며 그 탐욕을 정당화하고 있는 사
상이라는 점에서 매우 위험하다. 그것은 인간의 '공감본성'을
약화시키는 것이며 '공존의식'을 상실하게 하는 것이기 때문
이다.

공존의식을 전체의식으로 확장시킨 인도의 사회변혁운동

20세기 인도의 독립과정에는 식민지로부터 해방되어야 한다는 상황의식과 개인의 공감본성과 사회적 공존의식이 조화를 이루어 전체의식을 도약시킨 행복했던 변혁운동이 있었다. 그 운동을 이끈 중심인물 중에 '샤타그라하 운동'을 이끌었던 마하트마 간디와 '부단 운동'을 이끌었던 비노바 바베가 있다. 이들은 인도의 독립을 단순히 영국의 식민지로부터 벗어나는 것이라고 생각하지 않았고 대중들이 공감본성(자성, 신성)을 회복하여 그 삶을 사는 영혼의 해방이야말로 진정한 독립이라고 생각하였다. 그래서 간디의 샤타그라하 운동이나 비노바 바베의 부단 운동은 개인의 자기완성과 사회적 실천을 하나로 인식하고 진행시킨 높은 의식의 독립운동이고 변혁운동이었다.

간디의 '샤타그라하'는 흔히 영국의 무장폭력에 맨몸으로 저항한 '비폭력 저항'으로 알려진 그것이다. '샤타그라하'는 '사티아'와 '아그라하'의 합성어로 사티아는 '진리'라는 뜻이며 아그라하는 '굳건하다', '꼭 쥐다' 등의 뜻을 가진 단어로 진리파지眞理把持로 번역되어 쓰인다.

샤타그라하 운동은 진리에 대한 불굴의 믿음을 전제로 하며 영혼의 힘, 내적인 힘, 사랑의 힘을 본질로 하는 일종의 종교원리를 바탕에 둔 운동방식이라고 봐야 할 것이다. 말하자면 샤타그라하의 진리는 개개인에 있는 선함, 자비심, 사랑, 신성 등을 포괄하는 공감본성을 깨닫는 것이라고도 할 수 있으며 이것이 샤타그라하의 기초이고, 간디는 반대자로부터도 이것을 이끌어낼 수 있다는 믿음을 가지고 있었다.

간디는 감옥에 갔다 온 후 연설에서 "사티아그라히(사티아그라하를 추구하는 사람)는 두려움에 작별을 고합니다. 따라서 적을 신뢰하는 것을 결코 두려워하지 않습니다. 설사 적이 스무 번 거짓을 말하더라도 사티아그라히는 스물한 번 그를 신뢰할 준비가 되어 있습니다. 인간 본성(공감본성, 사랑)에 대한 암묵적 신뢰가 이 신조의 핵심이기 때문입니다. 어떤 규제에 굴복한다고 하더라도 자발적으로 굴복합니다. 죽음이나 벌이 두려워서가 아니라 그런 굴복이 공동의 복리(공존의식)에 필수적이라고 생각하기 때문입니다."라고 말한다. 그가 저항의 방식으로 선택한 '비폭력'의 핵심 생각이라고 해야 할 것이다.

간디는 진정한 인도의 해방은 영국으로부터 독립을 넘어서 영혼의 해방에 있다고 생각했다. 그래서 식민지라는 사회적 상황을 극복하는 데 물리적인 힘보다는 대중들의 고양된 영성이 필요하다고 생각했으며 그런 진리에 대한 불굴의 믿음을 가진 사티아그라히 대중들을 원했다. 그들이야말로 무장하지 않고 죽음에 대한 두려움 없이 최후까지 저항할 수 있고 진정한 자기 해방을 위한 진리 또한 그렇게 얻게 될 거라고 생각했던 것이다. 그리고 간디는 인도인과 인도 사회에는 그러한 영혼과 오랜 영성적 정서가 있음을 믿었던 것 같다. 그래서 비협조 불복종이라는 비폭력 저항의 방식을 택했고 그것은 인도가 약하기 때문에 선택한 것이 아니라 인도인 스스로 자신의 힘과 권능을 의식할 수 있기를 바랐고 그로 인해 진정한 자유를 얻을 수 있다고 생각했던 것 같다. 비폭력 저항의 선봉에 있던 사티아그라히들은 그런 진리에 대한 신념과 진정한 해방에 대한 의지를 가지고 비무장 상태로 목숨을 걸었던 것이다.

하지만 간디의 샤타그라하 운동은 인도사회의 정신적 저변에 있는 종교적 정서를 바탕에 두고 진행되었기 때문에 비록 운동을 절정까지 이끌어가고 성과도 가져왔지만 결과적으로는 그것 때문에 현실적 한계를 가질 수밖에 없었다. 간디는 영국으로부터 독립을 얻어내고 온 국민들로부터 존경을 받았으나 결국 힌두스탄(힌두)과 파키스탄(무슬림)의 종교적 갈등 국면 속에서 힌두 근본주의자에게 암살당하고 만다. 샤타그라하 운동을 통해 독립을 이루고 인도사회의 전체의식이 확대되고 사회변혁운동의 이상적 모범을 보여주었음에도 불구하고 간디가 꿈꾸었던 진정한 인도와 인도인의 해방을 이룰 수는 없었던 것이다. 그것이 현실종교의 한계였던 것이다.

그럼에도 불구하고 간디의 샤타그라하 운동은 높은 의식의 감동적인 근본운동이었다. 진정한 사회변혁은 표피적 현실운동만으로는 이루어질 수 없으며 자기완성의 과정 속에서 대중들의 공감본성을 회복하고, 갈등과 대립의 쌍방이 서로 공존의식을 확대해야만 한다는 운동의 본질을 깊게 각인시켜주었기 때문이다. 그리고 지금처럼 자본의 논리가 극대화되어 있는 시대의 변혁운동은 간디의 샤타그라하 운동에 내재된 의미와 방식들의 차용이 매우 절실하다 하겠다. 지금 이 시기 우리의 사회변혁은 단순히 정권을 바꾸고 제도를 바꾼다고 해결될 수 있는 것은 아니며 존재의 본질, 삶의 본질이라는 인문학적 사고의 회복과 자본주의적 가치관의 극복이 함께 고민되어야 하기 때문이다. 현재 우리 사회의 이런저런 비정부기구(NGO)나 노동운동 등 여러 단체들도 크게는 자본의 논리를 극복하지 못하고 있고 또 다른 자기 한계들을 가지고 있다고 생각한다. 그래서 샤타그라하의 근본 운동적 관점이 우리 사회 변혁운동의 한계를 극복하는 데 필요한 무엇이 있지 않을까 하는 생각을 해보는 것이다.

비노바 바베는 간디가 인도 독립운동의 중심에 있을 때 편지를 통해 같은 아쉬람에서 생활하게 되었으며, 간디와는 동지적 관계에 있는 동료라고 할 수 있으나 스스로는 간디를 스승으로 생각하였다. 비노바는 간디가 자신을 카르마 요가(행위, 행동, 실천 등의 의미로 사용함)로 이끌어낸 사람이며 간디의 말과 실천적 행동은 자신의 사고에 명료함을 주었고 절대적인 도덕적 가치에 대한 깨달음을 주었다고 말한다. 말하자면 비노바는 간디에게서 종교적인 어떤 가르침을 받았다기보다는 당시 식민지 상황과 하리잔(불가촉천민)과 같은 불평등, 비인권적인 계급차별이라는 인도사회의 현실적 문제에 종교를 연결하여 구체적 현실, 삶의 변혁을 실천하는 스승으로서의 면모를 보았던 것이다. 그는 부단 운동의 영감을 준 사람도 간디였다고 말한다.

비노바 바베는 브라만의 신분으로 태어났기 때문에 전통적인 종교국가라고 할 수 있는 인도에서는 최상의 조건을 가지고 있었음에도 불구하고 자발적 가난과 육체노동자로서의 삶을 선택하였다. 그리고 그는 신에 대한 추구가 숲속에서 이루어지는 것보다는 노동현장에서 구체적으로 표현되어야 한다고 생각했으며, 자신의 생애를 사회봉사와 영적 탐구에 바치기로 결심하였다. 그는 진리탐구가 사회의 현실과 동떨어져 있다면 아무런 가치가 없는 것이며 또 사회활동을 아무리 정열적으로 하더라도 진리를 토대로 하지 않으면 역시 결함을 갖게 된다고 생각했다. 또한 비노바는 진리는 수련을 통해 단번에 얻어지는 것이 아니라 실천적 현실 삶 속에서 조금씩 발견되는 것이라고 보았다.

그리고 비노바 바베는 사회변혁을 위한 효과적 수단으로 물리적인 힘이나 권력, 부, 정치력 등이나 법에 의존한다는 것은 환상이며 진정으로 사회의 변화를 원한다면 현실 삶 속에서 사랑과 자비의 힘을 펼쳐야만 한다고 생각했다. 그는 진정한 사회변혁을 위해서는 먼저 사람들의 마음이 변화되어야 한다고 생각했다. 그 마음은 타 생명에 대한 연민의 정으로부터 시작되는 공감본성을 회복하는 것이며 나아가 사랑과 자비의 마음이며 깨달음이고 진리이며 신의 현존에 이르는 그것이라고 할 수 있을 것이다. 그렇게 사람의 마음이 변하면 사람들의 사상과 삶이 변하게 되고 그 변화된 삶이 사회 구조를 변화시킨다고 생각했다. 사회변혁에는 반드시 개인의 변화가 따르지 않으면 안 된다고 생각한 것이다. 이는 대중의 영적 고양으로 인도의 진정한 해방을 꿈꾸었던 간디와 사회변혁에 대한 인식을 같이하는 것이며, 진정한 사회변혁은 개인의식의 확대를 통한 전체의식의 확장이 있어야만 이루어진다는 것을 의미한다. 그래서 어떤 운동이든 명상이나 기도, 자기성찰을 통해 내면의 의식을 확대하는 영적인 수련이 항상 함께해야 한다고 본 것이다.

비노바 바베가 펼친 부단 운동은 이와 같은 개인의 변화를 추동하면서 절실한 현실 문제를 풀어간 지혜로운 근본운동이었다. 이 운동은 인간의 마음에는 선함이 있다는 믿음, 그리고 그 선함을 이끌어낼 수 있다는 믿음을 현실로 가져온 운동이다. 말하자면 사람들 누구나 가지고 있는 공감능력을 스스로 일깨우게 하고 그것을 통해 공존의식을 확대해서 사회변혁에 기여한 운동이라고 할 수 있다. 이는 자본주의적 이데올로기와 가치관을 통째로 흔들어 놓은 운동으로 작금의 시대를 사는 우리의 현실에 절실한 운동방식이라고 할 수 있을 것이다.

부단 운동은 1951년에 시작하여 1963년까지 꼬박 12년 동안 진행된 토지 헌납 운동이었다. 운동의 현실적인 계기는 '하리잔'(불가촉 천민)의 토지 문제 때문이었지만 비노바 바베는 공기와 물이 모든 사람의 소유인 것처럼 자연의 하나인 땅 또한 모두가 함께 나누어 사용해야 당연한 것이라는 생각으로부터 출발한다. 그것은 현실의 소유개념에 대한 인식과 가치관을 변화시키기 위한 것이며 무소유라는 종교적 개념이기도 하다. 무소유란 가지고 있는 것을 나누는 데서부터 시작한다는 지율스님의 무소유 개념과도 같은 것이다. 비노바 바베는 모든 소유, 단적으로 말하면 돈을 포기하기 위한 공공조직을 만드는 데 스스로를 헌신하고자 했으며 이 일을 해내려면 먼저 사람들의 생활방식을 완전히 바꾸는 것이 필요했고, 이것이야말로 사회변혁을 위해 반드시 해야 하는 일이라고 생각한 것이다.

그래서 비노바 바베는 인도의 전 국토를 걸어 다니며 토지를 헌납 받기 시작했다. 땅을 헌납하면서 허영에 들뜬 과시나 다른 형태의 보상을 바라거나 정치적 목적을 위해서 또는 기득권의 유지나 권력을 위해서 땅을 내놓는다는 기미가 조금이라도 보이면 절대 받지 않았다. 그것은 이 운동이 단순한 기부 행사가 아닌, 주는 이나 받는 이 모두가 공감본성인 선한 마음이 있다는 믿음을 심어주고, 그로 인해 공존의식이 확대되는 사람들의 변화를 원했기 때문이다. 비노바 바베는 앞서 말했듯이 사회변혁은 먼저 개인의 마음의 변화가 있어야 하고 그로 인해 개인적인 생활습관에 변화(삶의 변화)가 있어야 하며 그것이 사회구조의 변화로 이어져야 한다고 생각했기에 이런 의도를 훼손하는 모든 것을 차단했다.

1952년에는 땅의 헌납에서 돈의 헌납도 허용했다. 그러나 돈은 직접 받지 않고 헌납하는 사람이 갖고 있도록 했으며 스스로 해마다 공공의 복리를 위해 그 돈을 내놓도록 했다. 부단위원회에서 기록된 서약서만 받아 가지고 있었으며 서약을 지키는 것은 오로지 헌납자의 양심에 맡겼다.

그리고 부단 운동을 지도하기 위해 인도의 모든 지역에는 부단위원회가 세워져 있었다. 인도의 300개 지역에 250개의 위원회가 활동하고 있었고 그 위원회들은 간디 기념사업조합으로부터 다소 도움을 받고 있었다. 조합의 이사들이 부단 운동을 위해 돈을 내놓았기 때문이다. 그런데 부단위원회 일꾼들이 봉급을 받으며 일을 한다는 오해를 받게 되었다. 타밀나두 지역에는 500명 가량의 일꾼들이 있었는데 그들 가운데 50명 정도의 사람들이 봉급을 받고 있었던 것이다. 봉급을 받는 몇몇의 일꾼들이 없이는 일이 이루어질 수 없다고 생각했기 때문이었다.

그래서 비노바 바베는 부단위원회에 대한 오해를 불식시키고 운동의 한계를 극복하기 위해 1956년에 일꾼들에게 일체의 봉급을 지불하지 않기로 결정한다. 봉급을 지불하지 않으면 활동이 정지될 거라는 두려움을 깨야 했다. 그렇지 않으면 이 운동의 본질을 훼손하는 거라고 생각했고, 일꾼들은 봉급이 아니라 서로가 염려하고 돌보며 나눔으로써 해결해야 한다고 생각했던 것이다. 이렇게 부단위원회들이 해체되자 어떤 지역에서는 일꾼들이 수백 명으로 늘어났고 어떤 지역은 아예 그 일꾼들마저도 사라지는 결과가 나왔다.

비노바 바베는 이 사건을 통해 조직이라는 것이 사회적 기여를 통해 힘도 생기고 권력도 얻게 되지만 조직만으로는 사회변혁을 이룰 수 없다고 생각했다. 조직이 큰 규모로 일을 하려고 만들어지지만 결국은 조직 자체를 강화시키는 일에 경사되고 만다는 것을 알았고, 사회를 변혁한다는 것은 조직의 문제가 아니라 결국 개인의식과 전체의식의 도약이 있어야 하는 정신의 문제라고 생각했기 때문이다. 어쨌든 비노바는 1963년까지 12년 동안 인도 전역을 맨발로 걷고 또 걸어 400만 에이커(1에이커=약 1,224평)의 토지를 헌납 받아 어려운 이들에게 나누어 주었다. 그 과정 속에서 서벵갈과 오리사에서는 600개의 마을이 그람단(마을토지의 공동경작)에 바쳐지기도 하였다.

그리고 비노바는 부단 운동을 진행하면서 '샨티 세냐(평화군)' 건설에도 힘을 기울였는데 '샨티 세냐'는 평상시에는 그람단 등의 일꾼으로도 활동하고 긴급사태가 발생하면 목숨을 바칠 각오가 되어 있는 샤타그리히와 같은 집단이었다. 그리고 마을자치공동체인 '그람스와라지야'와 우리나라의 좀두리 쌀 모으기와 같은 '사르보다야 파트라(복지항아리)' 그리고 다양한 성격의 아쉬람들을 건설하였다. 부단 운동 일꾼들을 위한 것이나 여성들을 위한 것, 그람단을 돕기 위한 것, 도시운동을 위한 것, 힌두, 무슬림, 기독교의 관계를 위한 것 등의 아쉬람을 부단 운동 중에 6개를 만들었다.

인도의 전 지역을 순례하며 벌인 비노바 바베의 부단 운동은 간디가 벌인 샤타그라하의 연장선에 있는 진리운동의 한 방식이라고 할 수 있다. 그들의 사회변혁은 단순히 정치사회적 환경을 바꾸는 것이 아니라 진리의 영역이라고 하는 사랑과 자비의 마음을 끊임없이 일궈내는 개인의 변혁을 통해 이루어진다고 보았다. 다시 말해 진정한 사회변혁은 개인의 변혁과 함께 가는 것이며 그 개인의 변혁은 공감본성(진리)을 일깨워 사회적 공존의식을 확대하는 것이라고 보았다. 그래서 개인생활과 사회생활을 나누거나 구분해서는 안 되며 개인행동 또한 사회적인 것이고 사회적 일도 역시 개인의 일이라는 것이 간디와 비노바의 생각이었다. 이러한 종교적 진리를 토대로 한 사회변혁운동은 오랜 전통의 종교적 정서를 가지고 있는 인도사회에서는 매우 적절하고 유용한 대중운동방식이었다고 할 수 있다.

현 시기의 사회변혁과 관련하여

이러한 간디나 비노바의 변혁운동은 진리라는 근본 운동적 성격을 가지고 있기 때문에 그 시대의 인도뿐 아니라 어느 시대 어느 사회에서도 유용하며 필요한 운동이라고 볼 수 있다. 더구나 21세기에 들어 전 세계적 자본화의 흐름이 가속화되고 국가와 사회, 가정과 개인의 구체적 생활들이 자본의 논리에 빠르게 종속되어가고 있다. 때문에, 그 과정 속에서 자연스럽게 쇠락해가는 공감본성을 일깨워야 하는 일이 급해졌으며 그런 근본적인 변혁운동이 절실하다고 하겠다.

지금 우리 사회의 변혁운동은 다양한 부문운동으로 분화되어 있으며 변혁운동이라기보다는 부문별 또는 사안별 안티운동이나 조직운동의 범주에서 벗어나지 못하고 있는 실정이다. 물론 이러한 여러 비정부기구(NGO) 운동들이 가지고 있는 가치나 중요성은 분명히 있으나, 보다 근본적인 사회 치유를 위한 운동의 큰 흐름이 있어야 한다. 그러한 근본 운동으로서 하나의 큰 축이 세워져야 하는데 지금으로서는 그나마 '생명평화'가 그 대안적 위치에 접근해 있는 운동개념이라고 볼 수 있을 것이다.

'생명평화'라는 용어가 본격적으로 등장한 것은 2000년이 시작되면서라고 할 수 있다. 그 전에는 '생명운동'이나 '평화운동'이라는 말과 함께 단순한 합성어로 간간히 사용은 되었으나 일정한 개념을 가지고 활발하게 사용된 것은 2003년 '생명평화결사'라는 단체가 생기고 도법스님이 5년에 걸쳐 전국을 돌아다니며 '생명평화 탁발순례'를 하는 동안 자연스럽게 대중들의 입에 오르내리게 되면서부터라고 하겠다. '생명평화결사'는 '세상의 평화를 원한다면 내가 먼저 평화가 되자'라는 슬로건을 앞세우며 자기완성(공감본성의 깨우침)과 사회적 실천(공존의식의 확장)을 병행하는 근본운동적인 사회변혁운동을 펼쳤다. 하지만 '생명평화결사'는 생명평화운동의 지평을 열지는 못했으며 다만 대립과 투쟁 일변도의 운동방식에서 개인의식의 성찰을 통한 변혁을 전제로 화합 상생하는 근본운동적인 새로운 개념과 방식을 선보였다는데 의미가 있다고 하겠다.

'생명평화'의 개념은 근대 200년의 과정 속에서 진행되어온 산업문명과 과학기술문명, 자본주의 물질문명으로 인해 부정적으로 변화된 인간본성에 대한 근본적 성찰 속에서 나왔다. 그것은 또 문명사적 전환기를 맞아 대안적 삶을 꿈꾸는 진보적 사고들의 연대이며 세기적 큰 흐름을 타고 진행되고 있다고 말할 수 있다.

　우리 사회 그 흐름의 양상을 본다면 인문학에 대한 사회적 요구가 높아지기 시작한 것이 그렇고 다양한 협동조합의 등장이 그렇다. 그리고 웰빙과 힐링의 문화도 그 한계가 분명하지만 병든 자본 문화에 대한 안티의식이 내재되어 있다는 점에서 사회의식의 변화라는 흐름에 닿을 수 있는 것들이다. 또한 드림운동, 나눔운동, 자연생태운동, 공동체운동, 녹색운동, 대안학교운동, 그리고 순례와 걷기 문화, 각 종교의 영성운동 등 한국사회에서 새롭게 진행되고 있는 이러한 모든 활동들이 생명평화운동의 큰 흐름 속에 있다고 말할 수 있다.
　이러한 흐름을 통해 본 생명평화운동의 현실적 문제의식은 개인의 삶의 가치관과 목표가 자본가치 중심으로 변했고 그러한 사회적 정서가 만연되어 있다는 데 있다. 말하자면 현대인들의 삶의 중심에 물질만능주의, 이기주의, 개인주의, 경쟁주의, 생명경시, 평화불감증, 물량주의, 속도주의, 성장제일주의 등 인간의 탐욕과 연계된 자본가치 중심의 삶을 살고 있다는 문제의식인 것이다. 그리고 각 나라의 성장주의가 경쟁적으로 진행되면서 사회적 문제와 함께 환경(기후)과 생태의 문제, 에너지 고갈 문제까지 제기되면서 자본가치 중심의 사회는 지속 가능이 어렵다는 현실적 판단에서 시작된다. 그리고 이러한 문제 해결의 본질은 사회제도와 시스템의 변화도 필요하지만 개인의 탐욕을 절제하고 스스로 삶의 실상을 정확히 볼 수 있는 개인의 변혁을 동반하지 않으면 안 된다.

그래서 21세기는 자본의 문명이 가질 수밖에 없는 반생명적이고 비인간적인 문제들을 극복해야 하는 전환기적 인식이 요구되고 있으며 대안적 삶을 모색해야 한다는 생각들이 커지고 있다. 그 중심 화두가 바로 '생명평화'라고 할 수 있을 것이며 지금으로서는 이것이 대안문화, 대안문명을 위한 실천적 운동이라고 할 수 있을 것이다.

진리운동, 생명평화운동의 큰 흐름

비노바는 개인적 사마디(명상, 깨달음)의 시대는 끝났으며 이제 필요한 것은 '집단적인 사마디'라고 말했다. 그것은 이제 자기완성과 사회적 실천은 선후의 문제가 아니라 하나의 문제로 인식하고 실행해야 한다는 의미이기도 하다. 말하자면 명상(자기완성)과 행동(사회적 실천) 또는 영적 수련과 실천

사이에는 어떤 차별도 있을 수 없으며 행동이 명상의 일부분을 구성할 때 명상의 힘이 발휘된다는 것이다. 그리고 개인의 영역을 버리고 사회적인 행동에 헌신하는 것이 명상하는 것보다 나으며 명상은 개인적인 차원에서 필수적인 것이나 사회적 행동은 이타행이기 때문에 명상은 사회적 행동 위에 자리를 잡아야 한다는 것이기도 하다. 또한 명상이 있어야 행위가 뒤따라온다는 전통적인 견해는 수정되어야 하며 최고의 명상은 행위의 부담을 전혀 의식하지 못한 채 일관되게 행동에 참여할 때 도달하게 된다는 것이다.

간디나 비노바 바베가 벌였던 인도 사회에서의 변혁운동은 모든 인간의 마음속에는 선함이 있으며 그 선함은 부름 받을 준비가 되어 있다는 믿음을 갖고 진행되었다. 그 믿음은 사람의 마음에는 누구에게나 성스러운 본질(신성, 불성 등으로 말할 수 있는)이 들어 있다는 것이었다. 따라서 사회변혁운동은 공동체적인 영적 수련의 과정이기도 하며 그렇게 진행되어야만 그 사회가 영적인 혜안을 얻을 수 있고 모든 현안의 문제들이 풀릴 수 있다.

물론 사회변혁은 당면한 현실의 문제이고 그 사회의 정치, 경제 등의 구체적인 많은 제도와 법의 개정, 그리고 그것을 위한 세력의 재편과 구조적 시스템의 변화 등 총체적 문제를 포괄하고 있는 개념이다. 하지만 지금까지 진행되어온 기존의 우리 사회 운동과 그 방식은 간다나 비노바가 펼쳤던 변혁운동의 관점으로 볼 때, 자본의 문제를 자본의 관점과 방식으로만 풀려고 접근하지 않았나 하는 반성을 하게 된다. 그것은 결국 자본의 논리에 빠지게 되어 진정한 변혁의 길을 찾지 못하게 될 것이다. 이것은 21세기에 들어 자본가치중심의 삶이 세계적으로 급물살을 타게 되면서 간디와 비노바에서 볼 수 있었던 근본운동적 사유와 철학이 없이는 공존의식이라고 할 수 있는 전체의식의 확장을 기대할 수 없다. 결국 우리 사회의 많은 운동들도 인간의 탐욕이 반영(풍요와 편리라는 명분으로)된 자본문명의 물살에 휩쓸리지는 않을까 하는 염려에 다름 아니다. 그래서 현재 사회변혁운동에 기여하는 크고 작은 많은 단체들이 스스로의 정체성을 가지고 활동하면서도 그 저변에 자기완성을 위한 '진리운동' 또는 '생명평화운동'이라는 큰 흐름과 함께 진행되었으면 하는 바람을 갖는 것이다.

닭

고양이도 그렇고 개도 그렇고 다 우리 닭을 노린다.

무서운 눈빛을 달고 슬금슬금 기어와 닭장을 어슬렁거린다.

나는 기타나 빗자루를 들고 나가 소리 지르며 쫓아낸다.

고양이가 있을 때는 왈왈 하면서 쫓고

개가 있을 때는 야이 개새꺄 하면서 쫓는다.

아무튼 고양이도 그렇고 개도 그렇고 다 우리 닭을 노린다.

사실은 나도 노린다.

그래서 지키는 거다.

　　　　　　　　　　　　　　　－전남자연과학고 2년 정결의 시

이 시는 우리가 사는 현실사회의 속마음 중 하나를 재미있게 잘 드러내주고 있다. 물론 이 시를 쓴 학생은 우리 사회에 대한 어떤 문제의식을 가지고 쓴 것은 절대 아니다. 시골의 자기 집에서 항용 일어나는 어떤 일을 그냥 쓴 것이다. 하지만 우리 현실사회에 대한 일정부분의 문제의식을 가지고 있는 어른이라면 이 시를 읽는 순간 내용 자체가 저절로 가지고 있는 비유와 함축을 바로 느낄 수 있을 것이다.

이 시를 읽으며 가장 먼저 떠올렸던 것은 지식인의 위선이다. 여기서 고양이와 개는 사회적 강자라 할 수 있는 재벌, 기업가, 고급공무원, 검찰, 국회의원 등 재력과 권력을 가진 자들이라고 본다면, 언제나 잡아먹히는 대상으로만 존재하는 닭은 사회적 약자라 할 수 있는 일반 서민들이라고 생각할 수 있다. 그리고 개와 고양이를 쫓아내고 닭을 보호하려는 '나'는 우리 사회의 정의를 위하고 양심적 사회질서를 지켜내려는 세력들로서 많은 NGO 단체들이나 그 구성원인 개개인의 지식인들이라고 생각해볼 수 있다.

그런데 비유라는 것은 그 대상과 흡사한 어떤 속성 하나만으로도 활용될 수 있기 때문에 문학적 논의의 범주를 벗어나는 순간 기본적으로 오류를 가지게 되는 표현방식이다. 이런 점을 감안하면 모든 지식인들을 대상으로 하는 말은 아니지만 이 시는 우리 사회 지식인들이 서 있는 불온한 현주소를 느끼게 해준다.

이 시의 마지막 두 행인 "사실은 나도 노린다 / 그래서 지키는 거다"라는 구절은 시간이 지나면 지날수록 계속해서 그 울림이 커졌다. 예를 들어 많은 사람들이 MB를 욕했지만 욕한 사람들 개인의 삶을 돌아보면 많은 사람들이 MB적 속성을 깊이 감추고 살고 있을 뿐이라는 현실을 이 시가 상기시켜주고 있었다. 우리는 스스로 늘 자신의 이기적 속성을 경계하고 합리적으로 판단해야 한다고 말하지만, 결과적으로는 또 팔이 안으로 굽어 있는 것을 보는 경우가 많다. 진심은 아니라고 강변할지도 모르지만 어쩌면 우리 사회의 많은 지식인들은 고양이나 개와는 다른 방식으로 닭을 노리고 있는 계층인지도 모른다. 지식인의 위선은 여기에 있다. 사회의 불의에는 분노하면서 자신의 불의에는 관대하고 어떻게든 합리화시키는 교활함, 이것 또한 고양이나 개가 자행하는 사회적 폭력의 또 다른 이름이라고 할 수 있을 것이다.

生을 버티게
하는 문장들

펀투

관장님께 권투는
권투가 아니라 펀투다
20년 전과 바뀐 것 하나 없는 도장처럼
발음도 80년대 그대로다
가르침에도 변함이 없다
펀투는 훅도 어퍼컷도 아니라 쨉이란다
관중의 함성을 한데 모으는 KO도 쨉 때문이란다
훅이나 어퍼컷을 맞고 쓰러진 것 같으냐
그 전에 이미 무수한 쨉을 맞고 허물어진 상태다
쨉을 무시하고 큰 것 한 방만 노리면

큰 선수가 되지 못한다며 왼손을 쭉쭉 뻗는다
월세 내기에도 어려운 형편이지만
20년 넘게 아침마다 도장 문을 여는 것도
그가 생에 던지는 잽이다
멋없고 시시하게 툭툭 생의 문을 두드리는 것이다
도장 벽을 삥 둘러싼 챔피언 사진들
그의 손을 거쳐 간 큰 선수들의 포즈도
하나같이 잽 던지기에 좋은 자세다

                            -이장근, 「꿘투」 전문

    요즘 TV중계 속에서 공공연하게 돈벌이 혈투를 벌이는 종합격투기에 밀려 사양길에 오른 꿘투는 묘한 향수를 불러온다. 당시 헝그리 복서들은 그래도 뭐랄까 일정 부분 순정적인 면이 있었던 건 아닐까 하는 생각이 든다. 일제강점기의 깡패와 요즘 조폭의 차이라고나 할까. 폭력의 상품화라는 관점으로 보면 20년 전의 복싱이나 요즘 격투기에 무슨 차이가 있을까만 그래도 영혼들까지 자본에 팔아넘기는 요즘 세태와 비교해보면 꿘투에는 가난을 극복하기 위한 서러운 살림살이의 애환이라는 스토리를 함유하고 있기도 해서 왠지 조금은 다르다는 느낌을 갖게 한다.

이 시 속의 권투 도장 관장님도 20여 년 동안 돈벌이도 되지 않는 도장을 고집스럽게 운영하면서 권투를 버리지 못하는 것을 보면 그는 나름의 철학을 가지고 있는 사람이다. 그의 권투 철학은 '권투는 훅도 어퍼컷도 아니라 잽이다.'라는 것이다. 권투의 핵심은 잽이라는 그의 생각은 '일상성의 철학'을 느끼게 해주는 대목이다.

우리가 사는 하루의 삶을 생각해보자. 아침에 일어나 밥 먹고 화장실 가고 누구를 만나 수다도 떨고 직장에서 늘 하는 업무도 보고 집에 와서 텔레비전도 보고 잔다. 특별한 사건 없이 보내는 하루 일상은 대개가 이렇다. 이게 '잽'이다. 사는 동안 어떤 특별한 큰 사건들을 만나는 것이 훅이나 어퍼컷일 것이다. 물리적 시간으로 봐도 일생의 팔구십 프로가 잽이다. 다시 말하면 허접한 일상의 시간들이 내 삶의 대부분을 차지하는 것이다. 그리고 그 일상의 시간들이 바로 삶의 과정이다.

많은 식자들은 삶은 목표가 아니라 과정이라고 말한다. 목표를 중시하는 삶은 결과주의적 삶을 사는 것이고 그것은 자본주의 이데올로기의 하나라고 생각한다. 무엇이 되었다거나 무엇을 이루었다는 것 자체보다는 어떻게 그것을 이루었느냐가 중요하다. 우리의 삶은 '어떻게'라는 그 과정이기 때문이다. 그렇다고 목표가 중요하지 않다는 말은 아니다. 길을 걸으며 어디로 가는지도 모르고 간다는 것은 방황이다. 그래서 목표는 필요하지만 결과주의적 삶을 살지는 말자는 것이다.

지리산의 어느 깊은 숲에서 홀로 피고 진 꽃은 실패한 꽃이고, 화려한 도심의 전시장에서 많은 사람이 아름답다고 칭찬받으며 전시되어 있는 꽃은 성공한 꽃일까. 날아가는 나비들에도 성공한 나비가 있고 실패한 나비가 있을 것인가. 하나의 생명이라는 본질에서 보면 생명들의 삶에는 실패나 성공은 없는 것이다. 다만 치열하게 그 생명을 발화하는 것만이 있을 뿐이다.

'일상성의 철학'은 이러한 일상적 삶의 의미성을 중심에 놓은 생각이라고 할 수 있다. 우리가 일상에서 늘 하게 되는 삶의 자질구레한 행위들을 자질구레하다고 말하지 말자는 것이다. 링 위에서 수없이 날리는 잽이 결국은 경기 자체를 결정하듯 허접한 우리 일상이 결국에 가서는 우리의 인생을 만들어 내는 것이다. 문제는 매일 세 끼 밥 먹는 일 같은 그 허접한(?) 일상을 어떻게 치열하게 살아내느냐는 이야기다. 우리가 무수히 '잽'을 날리며 사는 일상에서 정말 중요하게 생각해야 할 것은 '잽'은 그냥 시도 때도 없이 생각 없이 날려 보내는 것이 아니라 순간순간을 깨어 있으려는 치열함에 닿아 있는 '평범함'이지 않겠는가.

生을 버티게
하는 문장들

한 몸

머리카락은 손톱과 얼마나 다른가
헛바닥과 피부와 뼈는 어떤가
주름살과 눈동자와 창자는 또
그러나 이 모든 것은 한 몸이다

사과와 뱀과 고양이는 얼마나 다른가
강아지풀과 사람과 흙은 어떤가
빗방울과 불꽃과 바람은 또
이 모든 것도 한 몸이다

이 진실을 외면하는 것은
한 올의 머리카락이
나는 혼자라고
한 몸 같은 것은 없다고
쓸쓸해하는 것과 같다
한 송이 민들레꽃이
나는 스스로 피었다고
흙과 햇빛과 나비와 무관하다고
고집부리는 것과 같다

스마트폰을 만지작거리는 내 손가락은
우주의 나뭇가지다
모락모락 끊이지 않는 이 생각도
신이 피워 올린 연기다

—조향미, 「한 몸」 전문

이 시는 '진리'를 매우 쉽고 설득력 있게 풀어낸 시다. 시를
이해하기 위한 설명은 필요 없을 것 같다. 이 시는 진리를 늘
구체적인 삶에서 함께하지 못하고 관념으로만 접하는 우리들
에게 '진리'는 코앞에 있는 진행형의 현실이라는 점을 상기시

킨다.

'우주만물과 나는 하나'라고 하면 일반적인 사람들은 구체적 사실, 팩트fact로는 잘 받아들이지 않고 관념으로만 치부하고 이해한다. 하지만 한 송이 꽃이 스스로 피는 것이 아니라 흙과 물과 햇빛과 나비 등의 절대적 관계 속에서 피어나는 것이 엄연한 사실이듯, 사람도 우주 만물과의 연기적 관계 속에서만 존재할 수 있다는 사실은 코앞의 현실이 틀림없다. 이것이 붓다가 발견한 연기법이라는 진리다. 초기 불교의 핵심사상이며 붓다가 녹야원에서 시작하여 죽을 때까지 하고 다닌 모든 설법의 바탕에는 이 연기법이라는 진리가 깔려 있다. 그래서 지구와 우주, 모든 존재는 통으로 움직이는 하나라는 생각은 관념이 아니고 현실이다. 우리는 이러한 생각을 내 현실 삶의 바탕에 늘 내장하고 살아야 진리를 수용하는 삶을 살고 있다고 할 수 있다.

하지만 삶의 일상 속에서 이 진리를 가지고 살기에는 우리의 현실사회가 너무 각박하다고 말한다. 나와 내 가족 하나 챙기며 먹고 살기도 어렵고 힘들어서 타자들의 존재를 생각하고 배려할 수 있는 정신적, 물질적 여유가 없다는 것이다. 맞는 이야기지만 그래서 스스로 그렇게 여유 없이 사는 것이 잘 살고 있는 것이며 행복하거나 보람 있다고 생각하는가? 대부분의 사람들은 '그렇다'라고 말하지 못할 것이다. 나의 삶을 주체적으로 경영하는 나는 없고 그저 생각도 마음도 없이 현실만 정신없이 좇아가는 내가 있을 뿐이다. 이게 비진리의 삶을 사는 우리의 모습이다.

하지만 선생님들은 진리의 삶과 비진리의 삶은 종이 한 장의 차이처럼 생각만 바꾸면 바로 달라진다고 말한다. 훌륭한 삶을 잘 살아왔다 해도 바로 오늘, 살인을 하면 그는 살인자가 되고, 과거 살인자였지만 오늘 당장 부처처럼 살면 부처가 되고 예수처럼 살면 예수가 되는 것이니 생각을 바꾸고 마음을 바꿔 당장 행동하는 것이 문제라는 것이다. 사실은 그게 잘 안 된다. 그렇게 하기에는 '현실 삶'이 또 두려운 것이다. 그래서 그 진리는 또 현실에서 쫓겨나 관념이 된다. 우리는 이 '현실 삶'의 두려움 때문에 평생을 진리의 영역에 발 딛지 못하고 비진리의 삶을 살다 가는 경우가 많다. 이것은 한 세상 살아가면서 스스로 굳힌 습習이고 에고이기도 하다. 이것만 벗어나면 늘 가슴 설레는 하루를 맞게 되고 어느 누구와도 갈등과 대립이 없는 절대자유의 삶을 맞게 된다는데도 우리는 이 진리의 삶을 스스로 만든 관념의 창고에 처박아 놓고 살 뿐이다.

욕망의 인간화
-닥터 비치의 '휴마나이즈humanize'를 생각하며

       우리 인류는 근대를 진행하는 동안 꾸준히 과학기술의 발달을 이루었고 과학의 발달을 토대로 산업화가 이루어졌으며 산업화는 자본의 축적을 가져왔다. 그리고 21세기에 들어선 지금은 우리 스스로도 놀랄 만한 문명과 함께 이것들로 인해 역으로 꾸준히 자연은 침탈당해왔음을 본다. 그 결과 자연의 순환질서는 깨지기 시작했고 생명 본성을 거역하는 사회적 가치관이 형성되었으며 개인적 삶의 목표들이 부정적으로 변질되는 것을 보며 세상살이의 우울함을 떨칠 수 없다. 이런 사유와 감상의 어느 지점에서 늘 만나는 질문 하나가 '인간의 욕망'이다. 인류사 속의 많은 종교와 사상들이 공통된 문제의식을 가지고 거론해왔던 '인간의 욕망'은 이제 물질만 능주의 사회로 진입한 오늘날 최고의 화두가 아닌가 싶다.

나는 일단 이 '인간의 욕망'을 부추긴 과학과 자본의 결탁을 부정적으로 인식하고 있는 사람에 속하지만 비치 선생의 '휴마나이즈humanize'와 '테크놀로지technology'에 관한 글을 읽으며 잠시 혼란스러웠던 적이 있다. 닥터 비치의 이 두 가지에 대한 개념을 간략히 말하면 이렇다.

'문명이라는 것이 없었던 인류의 초기에는 자연 자체가 커다란 위협이고, 심할 때에는 인간이 죽거나 하는 상태도 있었을 것이다. 휴마나이즈라는 것은 그러한 환경에 대한 극복 요구로부터 서서히 일어났다고 생각된다. 그래서 테크놀로지란 인간으로서 위협이 없는 상태를 만들기 위한 것이며 테크놀로지의 역할은 가까운 미래에 대하여 세계를 휴마나이즈humanize 할 것이라고 생각한다는 것이다. 그리고 이 휴마나이즈의 제일 기초가 되는 것은 인간의 삶에 대한 안전성이라는 것이다.'

과학에 대한 비치 선생의 긍정적 인식에는 인간사회에 대한 공동체적 인식과 깊은 휴머니즘이 깔려 있어서 감동이 있다. 닥터 비치의 생각은 인간의 과학기술 문명의 출발점과 진행 과정 및 미래에 대한 것이지만 시종일관 바탕에 깔고 있는 것은 과학기술을 통해 인간의 생명을 어떻게 하면 더 안전하고 편안하고 유익하게 할 수 있느냐는 휴머니즘적 인식이다.

하지만 요즘 과학이 자본과 결탁하여 본격적으로 돈벌이에 나서며 '인간의 욕망'을 넘어선 '탐욕'을 극대화시키고 있는 현실을 볼 때 인간에 대한 과학기술의 기여는 비치 선생의 순박한 생각을 넘어 인간에 대한 위협으로 다가오고 있음을 알 수 있다.

그리고 이제 인류 최고의 적은 과학도 아니고 자본도 아니고 과학과 자본의 결탁이 만들어낸 '탐욕'이라고 생각한다. 과학기술문명과 산업자본문명으로 대표되는 근대문명의 진행 과정에서 꾸준히 함께 커온 것이 있다면 그건 인간의 탐욕이다. 이 탐욕은 많을수록 좋다는 자본의 속성과 동일한 DNA를 가지고 있으며 그것은 결국 인간의 마음을 병들게 하는 암종으로 굳이 명명하자면 심암心癌이라고나 해야 할 것이다. 사람이 살아가는 기준이 되는 가치관과 삶의 목표가 자연스럽게 '돈'이라는 것으로 변하고 있는 오늘날 우리의 마음에는 이미 이 심암이라는 암종이 모든 생활반경에 전이되어 있지 않은지 모르겠다.

    닥터 비치는 서서 진료하던 치과의사들을 앉아서 진료행위를 하게 한 혁명적인 치과 진료대를 발명 제작한 사람이지만 자신은 정작 달랑 집 한 채 가지고 변변치 않게 살아가는 가난한 의사이다. 그 진료대와 다른 발명품으로 엄청난 부를 축적할 수도 있었겠지만 그는 기본으로 '인간의 욕망'을 제어할 수 있는 사람이었다. 그러기에 '휴마나이즈'와 '테크놀로지'에 관한 이야기를 감동적으로 할 수 있었던 것이다.

    나는 참으로 인간적인 과학자요 의사인 닥터 비치의 삶에서 현대 문명인들이 지녀야 할 마음을 본다. 인간의 욕망은 인간의 본성 중 하나일지도 모른다. 그리고 그 욕망은 끊임없이 휴머니즘적 욕망(욕망의 인간화)으로 묶어두지 않으면 안 된다는 그의 말이 해답인지도 모른다.

공감본성

　　요즘 도시의 현대인들은 스스로의 각박한 현실 속
에서 간혹 숨통이 막힐 것 같으면 휴머니티를 이야기하며 '시
골 인심'이니 '시골 밥상'이니 하며 시골을 이야기한다. 절대로
시골에 내려와 살 마음도 없으면서 왜 가만히 있는 시골을 들
먹일까? 그 '시골'은 신경을 곤두세우고 나를 방어하지 않아
도 되는 편한 곳이라는 막연한 생각이 깔려 있기 때문이다. 왠
지 나만의 사정을 이해해줄 것 같고 고단한 심신을 어머니처
럼 품어줄 것 같기 때문이다. 다른 말로 말하면 시골은 아직도
'공감본성'이 그대로 일상의 삶 속에 녹아 있을 것이라는 막연
한 인식이 존재하고 있기 때문이다.

괴테는 "인간은 함께할 경우에만 진정한 인간이며 유일한 개인이라도 자신을 전체의 일부로 느낄 수 있는 용기를 가질 때만 즐겁고 행복할 수 있다"라고 자신이 생각하는 삶의 의미를 정리해서 말했다. 이것은 괴테의 말이지만 표현만 다를 뿐이지 과거 깨달음에 이른 성현들은 모두 같은 이야기를 다르게 해왔다. 하나만 예를 들면 맹자는 "우물에 빠지는 아이를 보게 되면 예외 없이 소스라치며 다급한 마음을 가질 것이다. 이건 누구에게 잘 보이기 위한 것도 칭찬받으려는 것도 아니고 무정하다는 비난이 두려워서도 아니다. 인간은 본래 동정심을 가지고 있기 때문이다"라고 말했다. 이러한 것들이 '공감본성'에 해당하는 이야기들이다. 오늘날에는 제러미 리프킨이 이런 이야기를 현대의 상황에 맞춰 '공감'이라는 개념으로 새롭게 그리고 설득력 있게 변주해내고 있다. 제러미 리프킨은 인간만이 아니라 동물들도 공감본성이 있다고 말한다. 다윈도 고등동물들 중에 사회성이 있고 감정이 풍부하고 동료의 곤경을 걱정할 줄 아는 종이 많다고 이야기한다.

오늘날 공감본성이 크게 회자되는 것은 그 공감본성이 인간 스스로가 가진 '본래성품'이라는 것을 일깨우는 것이 절실해진 사회가 되었기 때문이다. 세계가 자본주의 물결에 휩쓸리면서 '물질의 소유'가 삶의 절대가치로 올라오고 이것과 함

生을 버티게
하는 문장들

께 경쟁주의, 속도주의, 물량주의, 이기주의 등의 많은 자본주의 문화가 형성되면서 인류는 끊임없이 공감본성을 잃어왔다. 내가 내 것을 소유하지 않고 지키지 않으면 이 험한 세상을 처자식을 데리고 어떻게 살아갈 수 있겠는가 하는 불안과 걱정에 몰두하며 살다 보니 어떻게 공감본성이 발현될 수 있겠는가?

공감의식의 발현은 일상에서 나눔과 섬김이라는 행위로 나와야 할 텐데 그것은 가치관의 전환이라는 자기 인생의 전향적 사고가 있지 않고서는 불가능한 사회가 되었으니, 말이 쉽지 참으로 어려운 일이다. 예수가 제자들과 함께 하는 최후의 만찬에서 제자들의 발을 손수 씻겨주는 섬김 의식과 빵과 포도주를 나눠 먹으며 자신의 피와 살(목숨)을 나눌 수 있어야 한다는 나눔 의식은, 기독교의 본질인 사랑이 '섬김과 나눔'에 다름 아니라는 것을 잘 말해준다. 우리 한국 사회만 해도 예수의 제자들이 한 집 걸러 두 집에 살고 있는 실정인데 예수가 깨달은 이 진리의 삶의 방식을 얼마나 실천하며 사는지 모르겠다.

이렇듯 공감본성을 현실사회에서 일깨우고 실천하며 살기란 참으로 어려운 세상이다. 하지만 우리는 '공감본성'을 가진 존재라는 것만이라도 계속 일깨워야 할 필요가 있다. 언젠가는 '본래의 나(공감본성)'를 되찾게 될 거라는 생각도 없이 산다면 얼마나 슬프고 불행한 인생인가.

인디언 일화에 이런 이야기가 있다. 인디언이 높은 산정에서 큰 독수리 알을 하나 발견하여 가져왔다. 마을의 닭 울타리 안에 놓았는데 암탉이 이 알을 품어 부화했다. 어미닭보다 큰 새끼독수리는 그렇게 태어나 흙에서 지렁이나 잡아먹고 그 큰 날개로 날지도 못하고 파닥거리기만 하며 어미 닭의 꽁무니만 졸졸 따라다니며 덩치 큰 평범한 닭으로 살았다. 어느 날 거대한 새 한 마리가 높은 하늘을 날고 있는 것을 보았다. 날갯짓도 파닥거리지 않고 늠름하게 편 채로 높은 하늘을 빙 날고 있는 것이다. 너무 멋있고 아름다워서 어미닭에게 물었다. 어미닭은 그 새는 황금독수리라는 새이며 하늘의 제왕이고 감히 쳐다볼 수도 없는 존재라고 말하며 어서 지렁이나 잡아먹으라고 말한다. 그 독수리닭은 바쁘게 땅을 후비며 지렁이나 잡아먹고 살다가 마침내 닭이라는 이름으로 죽었다.

우리는 누구나 황금독수리 같은(공감본성을 가진 '본래의 나') 존재인데 닭처럼 살다가 인생을 마치는 사람이 대부분이라고 한다. 자신이 차원이 다른 아름다운 본성을 소유하고 있는 존재라는 걸 모르고 닭으로 살다가 죽는다고 생각하면 많이 억울하지 않은가. 닭이라면 닭처럼 살다가 가도 괜찮겠지만 황금독수리가 닭처럼 살다 간다면 이처럼 슬픈 일이 어디 있겠는가.

보이지 않는 것을 위하여

　　'하루를 새롭게 시작하자'는 말처럼 새롭지 않은 말
도 없을 것이다. 예부터 새로움에 대한 이야기는 많은 사람들
이 해왔고 지금도 하고 있다. 해마다 그 해의 벽두에 누구나가
하는 말이기도 하다. 하지만 그런 글들을 보면 크게 두 부류
로 나뉘는 것을 알 수 있다. 그 하나가 그야말로 과거를 잊고
새롭게 희망차게 다시 한 번 시작해보자는 새 출발의 의미를
담은 글이고, 다른 하나는 늘 깨어 있는 성현들의 세상에 대한
새로움이다. 우리가 볼 때는 늘 똑같은 해가 떠오르는 똑같은
일상이건만, 그들은 매일매일 설레는 가슴으로 새로운 해를
맞이하는 기쁨과 환희가 있어서 그것을 감사하고 고마워하고

生을 버티게
　　하는 문장들

있었다니, 우리처럼 매일 짜증을 내며 하루해를 맞는 사람으로서는 얼마나 억울한 일인가. 이 시대 각자覺者의 반열에 있다는 베트남의 틱낫한 스님의 시를 보자.

> 아침에 일어나 파란 하늘을 본다.
> 너무나 많은 인생의 놀라움에
> 방금 배달된 갓 구운 스물네 시간에
> 두 손 모아 감사드린다.
> 해가 떠오르고 있다.
> 햇살로 목욕한 숲이 눈에 들어온다.

시 속의 '너무나 많은 인생의 놀라움에'라는 구절을 보면 틱낫한이라고 불리는 그 생명이 바라보는 세상은 온통 새로운 세상, 신비스러운 세상인가 보다. 그러니 이 험하고 지루한 일상을 '방금 배달된 갓 구운 스물네 시간'이라고 말할 수 있지 않은가. 스님 나이가 올해 만 90세이니 하늘을 봐도 90년을 보아왔을 것이고 나무며 바람이며 새소리며 온갖 세상의 것들도 90년 동안 보고 듣고 했을 텐데 그는 왜 이 세상의 순간순간이 그토록 새롭고 놀랍고 고맙고 그러는 걸까? 그렇게 사는 스님은 매일 사는 일의 하루가 얼마나 즐거울까?

우리 어머님도 올해 90세인데, 살아생전 즐거운 날이라고는 1년 가야 한두 차례, 명절 때 찾아오는 새끼들 보는 재미가 유일하다고 하셨다. 비교해보니 가히 살아 있는 자와 죽은 자의 차이만큼이나 되어 보인다. 같은 세상을 살면서 이 엄청난 차이는 어디서 오는 걸까? 그것은 아무래도 그 사람의 '마음'인 것 같다.

'마음'이 아니고는 설명할 길이 없을 것 같다. 아무리 돈이 많고, 아무리 권력과 명예가 높다 해도 매일매일 눈부시게 새롭고 설레는 세상을 만나지는 못할 것이다. 그러한 매순간 살아 있음의 기쁨을 느낄 수 있는 것은 어떤 지식으로도 할 수 없는 일이며 오직 '마음', 그러한 마음을 스스로 얻어내지 못하고서는 안 될 일이다.

하지만 현대인들에게 '마음'과 같은 보이지 않는 것, 잡히지 않는 추상적이고 관념적인 것들은 거의 부도수표라는 인식이 깊게 깔려 있다. 손에 잡히는 현찰만이 현실이요 삶의 전부라는 생각들이 너무 일반화되어 있다 보니 그 '마음'에 신경 쓰고 살 틈도 없는 것 같다. 하지만 조금만, 조금만 그것을 들여다보는 성찰의 시간을 내는 일이 참 중요한 것 같다. 사실, 이 급박한 현실에 휩쓸려 흐르다 보니 누구나 가지고 있는 내 안의 그 엄청난 '영성'이 있다는 것을 모르고 사는 것은 아닌가. 어디서도 얻을 수 없는 엄청난 보물이 바로 내 안에 있다는 것을 모르고 있는 것은 아닌가. 이 보이지 않고 잡히지 않는, 그러나 분명히 존재하는, 그래서 매일 '갓 구운 스물네 시간'을 만날 수 있는, 그 '마음의 영역'을 일구는 것이 사실은 사는 일의 전부인지도 모른다. 틱낫한 스님 같은 분들은 그게 삶의 전부로 알고 그 마음을 일궈낸 사람이고 그래서 늘 새로운 하루를 만나고 있지 않은가 하는 생각을 해본다. 지금 내가 서 있는 이 자리에서라도 틈틈이 그리고 한순간 깊게, 스스로의 마음을 꺼내보는 일이 참으로 소중한 것이라는 생각이 든다.

비루한 몸을 낮춰
수없이 절하고 싶다

세상을 살아내는 일의 첫 번째가 나의 존재와 나를 존재하게 하는 이 세상이 무엇인지를 가늠하는 일일 것이다. 저 느티나무의 작은 박새 한 마리도 알에서 깨어나 날개를 퍼덕이며 제가 날짐승인지 들짐승인지부터 가늠했을 것이고, 바람이 불면 어디로 날아야 한다는 것을 눈치채기 시작했을 것이다. 그렇게 모든 자연의 생명은 구체적 생활세계 속에서 자기 존재와 세상을 일치시켜내는 것이 세상을 살아내는 일이었을 것이다. 하지만 우리의 세상살이는 살아내는 일 자체가 스스로의 존재를 발견하는 일이 되지 못하고 삶이 되지 못하는 현실이다.

요즘의 사람들은 필요 이상으로 바빠지고 복잡해진 생존의 구조 속에서 자기 존재를 구현하는 삶을 살아내지 못하고 있는 편이다. 일터에 나가면 기계의 부품처럼 하나의 개체가 되어 생존에 기여하다가 퇴근길 포장마차에 들러 소주 한잔을 마시며 비로소 스스로의 삶을 되찾은 듯한 느낌을 갖기도 할 것이다. 요즘 사람들은 개별화된 삶에 익숙해져 있으며 전체를 걱정하거나 그 전체에 대하여 별로 알고 싶지도 않은 것 같다.

사실 산업혁명 이후 근래에 이르러 인간의 삶이 자본의 시스템에 구속되기 시작하면서부터 토대를 상실한 미시화, 파편화된 사유들이 일정 부분 삶의 본질로 편입되기 시작했다. 그리고 이러한 삶의 현상이 예술 속에서는 다양성, 다층성, 다원성, 이질성, 몰주체성 등으로 거론되며 그 의미의 영역을 넓혀갔다. 그리고 이것은 문학이라는 판 자체에도 영향을 주어 많은 현상적 변화와 함께 내용의 본질적 변화가 진행되고 있다는 느낌이다. 그 두드러진 문제는 인류사회의 진화과정에서 주류적 위치에 있던 문학이 근래에 와서 개별화된 개인존재의 사유범주에 갇히면서 폐쇄적이 되고 대중성을 잃어간다는 것이다. 문학이 개인적 보편성이나 대중적 보편성을 잃으면 스스로 혼란스러워지고 난해해진다. 혼란과 난해는 구질서를 깨고 새 질서가 오는 신호음일 뿐이라는 사람도 있지만 나는 요즘 이런 문학 지형의 한 축을 만들고 있는 일정한 경향성의 변화는 본질적으로 많은 문제를 내포하고 있다고 보는 편이다. 이 흐름에는 근본적으로 현실에 대한 인식의 왜곡이 일정 부분 작용하고 있다는 생각 때문이다.

요즘 나의 글쓰기의 문제의식은 이러한 후기산업사회 자본주의라는 큰 흐름이 결코 자연이라는 거대한 순환성에 순응하는 문명은 아니라는 인식과 함께 자기 존재와 구체적 삶을 일치시켜내는 균형 잡힌 세상살이의 흐름이 아니라는 것에서 시작된다.

어떤 시대와 문명이 도래한다 해도 사람과 삶의 본질은 자연일 뿐이다. 구체적이고 현실적인 삶의 질서는 자연 속에 있으며 우주적 자연의 순환성이야말로 절대적 질서라고 생각한다. 생성과 소멸이라는 거대하고 영원한 순환적 우주질서, 모든 생명과 자연이 상대적 관계망 속에서 주고, 받고, 나누는 과정인 이 질서, 이것은 자본가치중심의 삶이 당위적 정당성을 얻기 시작하고 존재가 개별화되기 시작하던 그 어디쯤에서 이미 우리가 잃어온 것들이다. 현대는 이미 자연과의 이원적 삶을 꾸린 지 오래되어 스스로 인위적이고 강제적인 질서를 만들어 유지하고 있다고 본다. 우리가 말하는 문학의 위기도 이런 틈새의 어디쯤에 끼어 있는 하나의 비명소리라고 생각한다. 우리의 시적 자아, 문학적 자아도 결국은 이러한 현실의 어느 그늘을 배회하고 있을 것이다.

어느 시대가 되었건 생명의 질서는 근본 질서이며 그것이 구체적 현실의 중심이다. 그리고 나는 그것이 자연이라고 생각한다. 또한 우리는 자연의 순환 뒤에 있는 거대한 우주적 지능과 연결된 위대한 영성을 누구나 가지고 있다고 생각한다. 하지만 문학의 존재처이기도 한 그 영성은 우리의 문학판에서는 찾기가 힘들어졌다. 시를 쓴다는 생명붙이로서 고민하는 나의 문학에 대한 문제의식의 출발점은 우리의 삶 속에서 영성의 행방이 묘연해져버린 이 어느 언저리이다.

자연이라는 생명의 본질적 토대야말로 모든 생명과 동력의 근원적 주체이고 유일한 현실이며, 나를 존재하게 하는 이 세상이다. 이러한 너무도 하찮은 진실을 이제라도 온몸으로 그대로 흡입하고 싶다. 자연 자체는 결코 관념이 아니고 비유도 아니며 구체적 생명현실이다. 세상의 모든 현실적 갈등과 대립을 허물 수 있고 존재의 개별화와 고립을 막을 수 있는 삶의 근원이다. 그러나 지금껏 우리가 잃어온 것들이다. 그리움의 근원이다. 그래서 눈부신 봄날 마른 가지를 비집고 올라오는 초록빛 새잎을 보면, 잃어버린 아름다운 내가 생각나 눈물이 나고, 온 세상을 초록바다로 만들어 출렁이는 봄산을 보면, 잃어버린 그대가 생각나 이 비루한 몸을 낮춰 수없이 절하고 싶어진다. 그리고 푸르릉 날아오르는 저 새 한 마리의 존재가 서럽도록 고맙다. 하지만 나는 이들이 보내는, 아니 내가 보내는 나의 사랑을 받아낼 손도 발도 순정도 다 잃어버렸다. 나는 여기서부터 다시 시작하기로 했다.

　　　　바다는 왜 푸르냐고 아이가 물었다.
　　　　어느 날, 바다가 아이의 손을 잡고 직접 말했다.
　　　　나무와 바람, 달맞이꽃이나 하늘다람쥐,
　　　　은빛 갈치 떼들이나 독을 품은 방울뱀까지 모두가
　　　　품고 있던 푸른색을 조금씩 보탠 까닭이라고.
　　　　결정적으로 너도 모르게 빠져나간 너의 푸른색이
　　　　나에게 흘러들어 왔기 때문이라고.
　　　　너 때문이라고.

하지만 아직도 그대와 내가 모두 외로운 이유는
우리 모두가 어린 시절
이미 바다에게 이 대답을 들었건만
어른이 되면서 그 답을 잃어버렸다는 데 있다.

—졸시「바다가 푸른 이유」전문

스스로의 맑고 투명한 그 자리

푸른 버들치 떼 이리저리 몰려다닌다.

저 자유로움도 스스로의 맑고 투명한 속에서 왔
겠지.

세상을 경이롭다고 말할 수 있는 건

나무나 물고기 같은 여린 목숨들이

아무런 원망도 없이 순순히 죽어가기 때문일 거야.

사랑은 이루는 것이 아니라 그저 주는 것일 뿐인데

우리가 슬퍼하고 절망하는 것마저도

사실은 얼마나 염치없는 짓인가.

그대를 사랑하는 일 또한

스스로의 맑고 투명한 그 자리를 찾아감이니.

　　　　　　　　　　　－졸시 「세상이 경이로운 건」 전문

　'스스로의 맑고 투명한 그 자리'는 사실, 오륙천 년 전의 인더스 강가나 백두산 근처의 사람들이 이미 찾아냈던 '그 자리'다. 베다와 우파니샤드, 천부경이나 삼일신고에서도 그들은 이미 어떻게든 '그 자리'에 대해 말하고 있다. 이후 차축시대에 등장한 공자나 노자, 붓다도 '그 자리'를 찾아 사람들에게 돌려주려 했으며 예수 또한 '그 자리'를 온몸으로 살았던 사람이다.

　우리는 이미 '그 자리'를 통해 세상에 눈을 떴건만 세상에 매몰되어 '그 자리'를 잃어버렸다. 살아오는 동안 어느 한 순간 문득 누구나 느끼곤 하는 막연한 상실감이나 부족감, 공허함 등은 아마도 '그 자리'에 대한 시원적인 그리움은 아닐까?

　순수의식, 절대의식, 우주의식, 지고의식 등으로도 쓰이며 대승불교에서는 '공의 청정한 빛'이라고 부르는 '그 자리', 그곳은 에고를 항복시켜야만 닿을 수 있다. 에고는 나의 모든 생각과 감정, 오감이며 현실 속에서 나라고 생각하는 나이다. 그리고 '그 자리'를 찾기 위해서는 반드시 다스려야 할 것이

에고다. 하지만 절대계의 '나'를 현상계에서 현현하는 것이 에고이기 때문에 에고는 죽기 전까지는 버릴 수 있는 것이 아니다. 다만 그 에고라는 마음이나 생각에 끌려 다니지 않고 오히려 그 스스로를 순종하게 하고 다스려야만 하는 것이다. 에고를 다스리는 주체, 나를 바라보고 있는 나, 바로 그것이 우리가 지닌 신성이고, 올더스 헉슬리가 말하는 '그대가 그것이다'의 그것이다.

예수는 가장 쉽고 편하고 거부감 없고 호감을 갖게 하는 단어로 '그것'을 '사랑'이라고 호명했다. 그 '사랑'은 기독교의 역사 속에서 끊임없이 변주되어 전혀 다른 무엇이 되기도 하며 지금까지 오고 있다. 하지만 그것은 존재 스스로의 바탕을 이루는 따뜻함이며 어떤 경계도 방향도 없고 자신과 세상에 대한 무한한 신뢰와 그로부터 나오는 자연발생적인 것이다. 우리는 그 사랑을 느끼려 하거나 붙잡으려 할 필요가 없다. 당신이 바로 그 사랑이고 내가 곧 그 사랑이기 때문이다. '세상이 경이롭다'라고 느끼기 시작하는 것은 바로 이 '스스로의 맑고 투명한 그 자리'를 더듬거리면서부터다.

하지만 자본주의의 작금을 사는 21세기 현대인들의 에고는, 에고 자체로 너무 강화되어 '그 자리'를 느끼는 것조차 쉽지 않다. 대부분 현대인들의 삶의 목표와 방식 자체가 부를 지향하고 있고, 그것은 현실적으로 너무 당연하고 필요하다고 인정할 수밖에 없는 상황과 조건 속에 있으니, 그 에고의 프레임을 어떻게 무너뜨릴 수 있을까. 에고의 내성을 기르는 가장 영향력 있는 것이 부와 물질이고 이것들로부터 파생되는 온갖 감정이 7정이며 그게 바로 늘 세파에 흔들리며 울고 웃는 에고가 아닌가. 이 에고를 어떻게 하면 항복시켜 말 잘 듣는 애완견처럼 데리고 다닐 수 있을까.

인류사 속의 모든 성인들은 '그 자리'에 가기 위해서 에고라는 벽을 넘을 때 에고의 본질인 스스로의 생각과 감정, 오감에 대한 통제를 통해 넘어왔다. 그리고 그것은 고요, 침묵, 묵상, 명상, 기도, 참선이라고 부르는 방법을 통해서였다. 하지만 현대인들은 성찰할 시간도 없이 바쁘니 언제나 그 '고요'를 만날 수 있을 것인가. 바쁘다는 것은 먹고 살기 바쁘다는 말을 줄인 것이다. 그러니 문제는 '먹고 산다'는 그것인데 결국 우리는 '먹고 산다'는 것의 내용을 어떻게 수정해야 하느냐(가치관의 변화)의 문제 하나를 손바닥 위에 올려놓고 있는 것이다. 쉽게 생각해서 밥 세끼만 먹어도 죽지는 않는다. '생명평화결사'의 '절 명상' 멘트 중에 이런 것이 있다. "적게 갖고 적게 쓰는 단순 소박한 삶이 영원한 진보임을 믿으며 절을 올립니다." 한번 생각해볼 만하지 않은가.

生을 버티게
하는 문장들

그대가 그것이다[*]

　　위기가 깊어지면 스스로의 적막으로부터 오는 것
이 있다고 했다. 깊은 어둠 속 고요의 파랑波浪을 부유하며 스
스로 빛나는 그것. 존재의 근본과 삶의 근본을 알아채게 하는
그것. 누구에게나 있는 그것. 하지만 그것은 한 생을 살며 때
가 되면 누구나 알아채는 것은 아니다. 단 한 번의 생生을 사
는 동안 그것을 한 번도 조우하지 못하고 가는 사람도 있고,
아예 그 자체를 모르고 가는 사람도 있다. 반면 그 기미를 느
끼고 가는 사람도 있고, 그것을 확실하게 인지하는 사람도 있
으며 그것으로 사는 사람도 있다.

[*] 올더스 헉슬리의 『영원의 철학』에서 빌려온 말임.

그것은 늘 우리 안에 있으나 대부분 절체절명의 위기나 내면의 간절한 요구가 있을 때 만나는 경우가 많다. 말하자면 외부의 적막으로부터 오고, 내면의 고요로부터 온다. 그런데 현대인들은 적막을 두려워하고, 고요는 싫어한다. 그러니 외로움을 정면으로 응시하지 못하고, 침묵은 견디지 못한다. 이것은 영장류인 인류가 과학의 발달과 함께 자본의 세월을 맞아 '돈'을 좇아 탐욕을 키워오며 그 영성靈性을 꾸준히 잃어왔기 때문이다. 작금에 이르러서는 그 내면의 신성神性을 믿지도 못할 뿐 아니라 아예 그 존재 자체를 잃어버렸는지도 모른다. 우리 하나하나 그 스스로가 얼마나 귀하고 아름답고 선한 존재인지를 까마득히 잊고 사는 것이다.

지금 이 문명이 가진 위기는 끝없는 직선의 성장주의적 사고와 그 현실로부터 온다. 진정한 진보는 직선의 곡선궤도를 찾아내고 그 순환의 궤도로부터 이탈하지 않도록 하는 것이다. 끊임없이 앞으로 나아가지만 겨울이 가면 다시 봄이 오는 것처럼 지속가능한 성장궤도의 순환시스템을 갖춰야만 지금 이 문명의 위기를 극복할 수 있다. 그리고 이러한 위기극복 과정에는 반드시 영장류의 특장인 영성靈性의 회복이 필요하다. 이것이 '의식'의 확장이고 그래야만 지금껏 인류가 찾아낸 소중한 가치들을 구체적이고 실천적인 현실세계로 가져올 수 있다. 이 영성의 회복과 의식의 확장이 함께하지 않으면 진정한 우리 삶의 질이나 사회의 변혁은 어려울 것이다. 그저 하나의 새로운 제도를 개혁하거나 일회적인 변화에 그치게 될 것이다.

존재의 모든 것, 삶의 모든 것은 물처럼 흘러들어와 물처럼 흘러나갈 뿐이다. 가만히 있어도 가고 몸부림을 쳐도 똑같이 간다. 그래서 존재와 삶을 그저 방치하자는 말은 아니고 그러니까 존재의 주체를 바로 세우는 것이 비로소 '나'를 사는 일이라고 말하고 싶은 것이다. 그 '참나'를 사는 일이 영성의 회복이고 '의식'의 확장이라고 생각한다. 그리고 이러한 노력은 우리의 현실에서 구체적으로 진행되어야 한다. 우리는 늘 눈앞에서 무언가를 이루거나 얻어야만 성공이고 행복하고 만족스럽다고 한다. 우선 이런 사고로부터 벗어나는 것이 영성회복의 시작이다. 수백 년 동안 이런 우리의 의식을 길들여온 자본주의 이데올로기와 가치의식을 벗어나는 것부터가 시작인 것이다.

사람들은 위기를 느끼면 잠잠해진다. 그것은 그 상황을 극복하기 위해 고요를 찾는 것이고 내 안의 신성을 가져오기 위한 본능적인 행위라고 말하고 싶다. 스스로를 깊은 고요에 두면 그 어둠 속 고요의 파랑波浪을 부유하며 스스로 빛나는 그것이 온다. 그대가 그것이다.

生을 버티게 하는 문장들

초판 1쇄 발행 2017년 3월 10일
  2쇄 발행 2017년 6월 11일

지은이 박두규
펴낸이 강수걸
기획 이수현
편집장 권경옥
편집 정선재 윤은미
삽화 정결
디자인 권문경
펴낸곳 산지니
등록 2005년 2월 7일 제333-3370000251002005000001호
주소 부산시 해운대구 수영강변대로 140 BCC 613호
전화 051-504-7070 | 팩스 051-507-7543
홈페이지 www.sanzinibook.com
전자우편 sanzini@sanzinibook.com
블로그 http://sanzinibook.tistory.com

ISBN   978-89-6545-404-5 03810

* 책값은 뒤표지에 있습니다.
* 이 도서의 국립중앙도서관 출판예정도서목록(CIP)은 서지정보유통지원시스템
홈페이지(http://seoji.nl.go.kr)와 국가자료공동목록시스템(http://www.nl.go.kr/
kolisnet)에서 이용하실 수 있습니다.(CIP제어번호: CIP2017004878)

生을 버티게 하는 메모 ···

:: 산지니가 펴낸 책 ::

길 위에서 정태규 소설집 *2008 이주홍문학상 수상도서

달콤쌉싸름한 초콜릿, 이야기 옥태권 소설집 *2008 부산작가상 수상도서

빛 김공치 장편소설 *2008 문화예술위원회 우수문학도서

우리 집에 왜 왔니 - 처용아비 박명호 소설집

부산을 쓴다 정태규 외 27인 지음 *2009 부산시 원북원부산 후보 도서

그는 바다로 갔다 문성수 소설집

테하차피의 달 조갑상 소설집 *2010 문화체육관광부 우수교양도서 *2011 이주홍문학상 수상도서

물의 시간 정영선 장편소설 *한국문화예술위원회 문학창작지원 도서

불온한 식탁 나여경 소설집 *2011 한국도서관협회 우수문학도서 *2011 부산작가상 수상도서

1980 노재열 장편소설

댄싱맘 조명숙 소설집 *2012 한국도서관협회 우수문학도서 *2012 이주홍문학상 수상도서

한산수첩 유익서 소설집 *2012 한국도서관협회 우수문학도서 *2012 성균관문학상 수상도서

삼겹살 정형남 장편소설 *2012 문화체육관광부 우수교양도서

즐거운 게임 박향 소설집 *2012 한국도서관협회 우수문학도서 *2012 부산작가상 수상도서

밤의 눈 조갑상 장편소설 *2013 문화예술위원회 우수문학도서 *2013 만해문학상 수상도서

장미화분 김현 소설집 *2013 문화예술위원회 우수문학도서

작화증 사내 정광모 소설집 *2013 문화예술위원회 우수문학도서 *2013 부산작가상 수상도서

화염의 탑 후루카와 가오루 지음 | 조정민 옮김

서비스, 서비스 이미욱 소설집

치우 이규정 소설집 *2013 문화예술위원회 우수문학도서 *2014 이주홍문학상 수상도서

목화 - 소설 문익점 표성흠 장편소설 *2014 세종도서 우수문학도서

만남의 방식 정인 소설집 *2015 백신애문학상 수상도서

감꽃 떨어질 때 정형남 장편소설 *2014 세종도서 우수문학도서

이상한 과일 서정아 소설집

청학에서 세석까지 정태규 소설집

고도경보 김헌일 항공소설집

편지 정태규 창작집 *2015 세종도서 우수문학도서

번개와 천둥 - 소설 대암 이태준 이규정 장편소설 *2015 부산문화재단 우수도서

조금씩 도둑 조명숙 소설집

다시 시작하는 끝 조갑상 소설집

날짜변경선 유연희 소설집 *2015 세종도서 우수문학도서

레드 아일랜드 김유철 장편소설 *2015 부산국제영화제 아시아필름마켓 북투필름 참가작 선정도서

끌 이병순 소설집 *2015 부산작가상 수상도서 *2016 세종도서 우수문학도서

내 안의 강물 김일지 소설집

붉은 등, 닫힌 문, 출구 없음 김비 장편소설

아디오스 아툰 김득진 소설집

씽푸춘, 새벽 4시 조미형 소설집

진경산수 정형남 소설집

마르타 엘리자 오제슈코바 지음 | 장정렬 옮김

칼춤 김춘복 장편소설

토스쿠 정광모 장편소설 *2016 세종도서 우수문학도서

고래그림비 유익서 소설집 *2016 세종도서 우수문학도서

독일산 삼중바닥 프라이팬 오영이 소설집

올가의 장례식날 생긴 일 모니카 마론 지음 | 정인모 옮김

쓰엉 서성란 장편소설

가을의 유머 박정선 장편소설

내게 없는 미홍의 밝음 안지숙 소설집

사할린 이규정 현장취재 장편소설

그 사람의 풍경 화가 김춘자 산문집

지역에서 행복하게 출판하기 강수걸 외 지음 *2015 출판문화산업진흥원 우수출판콘텐츠 선정도서

귀농 참 좋다 장병윤 지음

기차가 걸린 풍경 나여경 여행산문집 *2013 문화예술위원회 우수문학도서

길 위에서 부산을 보다 부산 스토리텔링북 | 임회숙 지음

감천문화마을 산책 임회숙 지음

이야기를 걷다 조갑상 지음 *2006 문화예술위원회 우수문학도서

불가능한 대화들 염승숙 외 18인 지음 *2011 문화체육관광부 우수교양도서

불가능한 대화들 2 정유정 외 15인 지음

문학을 탐하다 최학림 지음 *2013 부산문화재단 우수도서

모녀 5세대 이기숙 지음 *2015 한국출판문화산업진흥원 청소년 권장도서

나는 나 가네코 후미코 옥중 수기 | 가네코 후미코 지음 | 조정민 옮김

짬짜미, 공모, 사바사바 최문정 지음

동백꽃, 붉고 시린 눈물 최영철 산문집 *2008 문화예술위원회 우수문학도서

의술은 국경을 넘어 나카무라 테츠 지음 ┃ 아시아평화인권연대 옮김

북양어장 가는 길 미시적 사건으로서의 1986~1990년 북태평양어장 ┃ 최희철 지음

히말라야는 나이를 묻지 않는다 이상배 지음

지하철을 탄 개미 김곰치 르포산문집 *2011 한국도서관협회 우수문학도서

나의 아버지 박판수 안재성 지음

신불산 빨치산 구연철 생애사 ┃ 안재성 글·구연철 구술

유쾌한 소통 박태성 지음

늙은 소년의 아코디언 김열규 산문 *2012 한국도서관협회 우수문학도서

현재는 이상한 짐승이다 전성욱 지음

아버지의 구두 양민주 수필집 *2015 원종린 수필문학상 작품상

우리는 행복하기 위해 세상에 왔다 구정회 산문집

봄날에 만난 아름다운 캠퍼스 목학수 지음

브라보 내 인생 손문상 화첩 산문집

유배지에서 쓴 아빠의 편지 박영경 지음

길에게 묻다 동길산 산문집

미완의 아름다움 이상금 산문집 *2009 문화체육관광부 우수교양도서

김석준, 부산을 걷다 김석준 지음 ┃ 화덕헌 사진

석당 일기 석당 정재환 지음

왜 사느냐고 묻거든 박병곤 칼럼집

랄랄라 책 책으로 성장하는 청춘의 모습 ┃ 책 읽는 청춘 지음

저승길을 물어서 간다 박선목 수필집